忍把功名，换了人间烟火

18封信聊透《儒林外史》

杨早 庄秋水 刘晓蕾 著

四川人民出版社

| 目　录 |

导读　伟大也要有人懂　杨早　　　　　　○○一

儒林第一 · 女性

第1封信　杨早
另一位赵姨娘的故事　　　　　　　　　　○三四

第2封信　刘晓蕾
《儒林外史》里为何没有"爱情"？　　　　○五一

第3封信　庄秋水
合理性和诗意　　　　　　　　　　　　　○六四

儒林第二 · 科举

第4封信　刘晓蕾
未曾深夜痛哭过，不足以谈科举　　　　　○七八

第5封信　杨早
科举＝高考＋考编？　　　　　　　　　　○九二

第6封信　庄秋水
为何只能走这道窄门？　　　　　　　　　一○四

儒林第三·朋友

第7封信　杨早
朋友之道苦矣　　　　　　　　　　　一一六

第8封信　庄秋水
朋友就是一种选择　　　　　　　　　一三〇

第9封信　刘晓蕾
在败坏的世界里相互守望　　　　　　一四一

儒林第四·城市

第10封信　刘晓蕾
从故乡到大城市　　　　　　　　　　一五六

第11封信　庄秋水
往大邦去　　　　　　　　　　　　　一六九

第12封信　杨早
吴敬梓的《城史记》　　　　　　　　一八〇

儒林第五·家庭

第13封信　杨早
软饭硬吃的赘婿们　　　　　　　　　　一九四

第14封信　庄秋水
纳妾是一种炫耀性消费　　　　　　　　二〇七

第15封信　刘晓蕾
家不家，国不国　　　　　　　　　　　二一九

儒林第六·底色

第16封信　杨早
须得将烟火写透　　　　　　　　　　　二三二

第17封信　庄秋水
作为底色的启蒙　　　　　　　　　　　二四六

第18封信　刘晓蕾
发现日常生活　　　　　　　　　　　　二五七

导读 伟大也要有人懂

谁为儒林作外传

《儒林外史》是一部清代长篇小说，成书时间和《红楼梦》差不多，都是在乾隆年间。与《红楼梦》相比，《儒林外史》的"身世"要清楚得多，这个"身世"，说的是作者与版本。

对于《红楼梦》作者曹雪芹的研究，现在有"曹学"之称，是一门与"红学"并肩而立的大学问，很多人研究，但还有很多问题搞不清楚，研究者也时常"打架"。

《儒林外史》的作者是吴敬梓，他的生平基本上是清楚的，争议不多，他留下了一本《文木山房诗文集》，收录了他四十岁之前的诗文作品。后来又发现了一些佚文,比如吴敬梓写过一本讨论《诗经》意旨的《诗说》(所以他真是杜少卿的原型,杜少卿也写了一本《诗说》),原来大家都以为没传下来,结果1999年又在上海图书馆找到了!

与吴敬梓同时代的一些文人学士,也留下了很多吴敬梓生平的资料。《儒林外史》的版本情况也比较简单,乾隆十四年(1749),吴敬梓的好朋友程晋芳写过一首《怀人诗》:"《外史》纪儒林,刻画何工妍。吾为斯人悲,竟以稗说传。"那一年,吴敬梓四十九岁。可见,至晚在1749年,《儒林外史》就已经成书了。

五年后乾隆十九年(1754),吴敬梓去世。但吴敬梓在世时,《儒林外史》只是以抄本流传,他去世很久后,才有版刻印行。现在我们能够见到的最早的《儒林外史》刊本,是嘉庆八年(1803)卧闲草堂五十六回巾箱本。这个版本的最后一回,公认是后人所加。前面的五十五回,也稍有争议,据吴敬梓家乡《全椒县志》与好友程晋芳的记载,《儒林外史》都只有五十回——这个五十回本没有流传下来,因此也有学者怀疑现存的五十五回里有些是伪作。

说了半天,咱们还没有正式介绍吴敬梓这位《儒林外史》的作者呢。吴敬梓(1701—1754),字敏轩,号粒民,安徽全椒人,移家南京后号"秦淮寓客",他的书斋名叫文木山房,因此又自号"文木老人"。

吴敬梓自幼聪慧,吟诗作赋,援笔立就。他十八岁就中了秀才,之后就屡试不中。三十六岁时,安徽巡抚征召吴敬梓应博学鸿词科考试(一种额外的考试,用来选拔那些科举不利的"遗才"),但吴敬梓因为生病,便没有去。不过,这段被"特召"的历史,还是令吴敬梓引以为傲的。

另一桩让吴敬梓引以为傲的,就是他的家世。吴敬梓出生在一个世家大族,他自述是"五十年中,家门鼎盛","家声科第从来美"。吴敬梓的曾祖是顺治朝的探花(科举考试中殿试一甲三名,由皇帝钦点,第一名状元,第二名榜眼,第三名探花),后来做到翰林院侍读,提督顺天学政;曾祖五个兄弟,有四个人是进士;到了他的祖父辈,有榜眼,有进士,有举人。不过,吴敬梓亲生的祖父在同辈中功名不显,只是个监生,而且早亡;他的父亲是拔贡(拔贡是由各省学政选拔文行兼优的生员,贡入京师,称为拔贡生,简称拔贡),也只做了几年的县教谕,后来得罪上司,丢了官。

吴敬梓的拔贡父亲,也不是他的生身父亲,吴敬梓是过继的儿子。嗣父一去世,家族中就上演了争夺遗产的丑剧,十分不堪,让吴敬梓大受刺激,这一年吴敬梓才二十三岁,年轻人,逆反心理很重:你们视财如命,我就挥金如土；你们虚伪狡诈，我就放诞任达。就这样，不上几年，家产挥霍完了，奴仆跑掉了，"田庐尽卖"，"乡里传为子弟戒"。吴氏宗族看不起吴敬梓，说他是败家子。吴敬梓在老家待不下去了，三十三岁那年搬到南京。

《儒林外史》就是吴敬梓搬到南京之后开始创作的。此时吴敬梓的生活越发困窘，卖文为生难以养家糊口，有时还要靠朋友资助，甚至不时陷入"囊无一钱守，腹作千雷鸣""近闻典衣尽，灶突无烟青"的困境。到了五十四岁，一代文豪吴敬梓在穷困潦倒中突然病逝于扬州。

鲁迅曾经在《呐喊·自序》中说："有谁从小康人家而坠入困顿的么？我以为在这途路中，大概可以看见世人的真面目。"吴敬梓是这样，曹雪芹也是这样。只不过，曹家的衰败是突如其来的，遭受政治的打击，一夜之间，繁华化为乌有，恍如梦幻。吴敬梓与曹雪芹不同，家庭的败落是一个渐变的过程，虽然他自小生长在富贵宗族，但从祖父开始，自己这一支便开始衰败，到中年之后更是自作自受，陷于贫困。在这个从"渐"到"骤"的家庭败落过程中，"世人的真面目"也就渐渐显露了出来，有钱有势便奉承你，无钱无势便看低你，甚至欺负你，功名富贵成了判断个人价值的标准。

吴敬梓写《儒林外史》，有自己对人生的真切感触，小说讽刺的就是世态人情的势利，批判的就是人跪倒在功名富贵之前。因此吴敬梓与《儒林外史》里的杜少卿一样，搬到南京去住了。如果说吴敬梓有什么生活理想，那无疑是像《儒林外史》中的庄征君一样，因博学鸿词科获得朝廷美誉，再放归田园，就是最理想的了：

> 这湖是极宽阔的地方，和西湖也差不多大。左边台城望见鸡鸣寺。那湖中菱、藕、莲、芡，每年出几千石。湖内七十二只打鱼船，南京满城每早卖的都是这湖鱼。湖中间五座大洲：四座洲贮了图籍，中间洲上一所大花园，赐与庄征君住，有几十间房子。园里合抱的老树，梅花、桃、李、芭蕉、桂、菊，四时不断的花。又有一园的竹子，有数万竿。园内轩窗四启，看着湖光山色，真如仙境。门口系了一只船，要往那边，在湖里渡了过去。若把这船收过，那边飞也飞不过来。庄征君就住在花园。
>
> 一日，同娘子凭栏看水，笑说道："你看这些湖光山色都是我们的了！我们日日可以游玩，不像杜少卿要把尊壸①带了清凉山去看花。"闲着无事，

---

① 尊壸（kǔn）：同尊阃，对人妻室的敬称。

又斟酌一樽酒，把杜少卿做的《诗说》，叫娘子坐在旁边，念与他听。念到有趣处，吃一大杯，彼此大笑。庄征君在湖中着实自在。

《儒林外史》由三个部分组成，以第一回楔子和第五十六回的尾声架构全书。

  楔子：元代画家王冕预见科举考试将会使天下士子看轻了"文行出处"，即儒者赖以安身立命的人生品格。
  第一部分（2—30回），描绘作八股时文的举子和作诗的"名士"。
  第二部分（31—37回），杜少卿、庄绍光（庄征君）等修建泰伯祠。
  第三部分（38—55回），儒礼的实践及其失败，泰伯祠沦为一片废墟。

《儒林外史》假托明代故事，实际展现的是18世纪清代中叶的社会风俗画。所谓"儒林"，用今天的话来说，就是知识分子，尊奉儒家思想的知识分子；所谓"外史"，是相对于"正史"而言。在正史中，班固《汉书》首设"儒林传"，传中说："自武帝立五经博士，开弟子员，设科射策，劝以官禄，讫于元始，百有余年，传业者浸盛，支叶蕃滋，一经说至百余万言，大师众至千余人，盖禄利之路然也。"这段话的意思是说，为什么汉代的经学大盛呢？无非是能以经学获取俸禄和利益，讲经学，讲儒术，就可以加官进爵，就有了富贵功名。大家注意了，在东汉班固这里，学问与功名富贵就画上等号了。《儒林外史》批判的就是读书人无原则无底线，跪倒在功名富贵面前。

闲斋老人《〈儒林外史〉序》说：

> 其书以功名富贵为一篇之骨：有心艳功名富贵而媚人下人者；有倚仗功名富贵而骄人傲人者；有假托无意功名富贵，自以为高，被人看破耻笑者；终乃以辞却功名富贵，品地最上一层为中流砥柱。

这段话很准确地概括了小说的主题：以功名富贵为中心，更以人们对待功名富贵的态度为中心，写足了科举制度、官僚制度、人伦关系乃至18世纪中国整个社会的细节与风气。

鲁迅对《儒林外史》的评价是最高的。他很激动地为《儒林外史》打抱不平：

《儒林外史》作者的手段何尝在罗贯中下，然而留学生漫天塞地以来，这部书就好像不永久，也不伟大了。伟大也要有人懂。(《叶紫作〈丰收〉序》)

鲁迅对于《儒林外史》的评价是不是过誉？下面我们就来稍微分析一下这部小说。

有人漏夜赶科场

吴敬梓眼中的功名富贵，是全社会虚伪势利之风的根源，也是使大批文人学士沉溺于科举，败坏"文行出处"的根源。他在儒林外史第一回中借王冕之口批评八股取士的科举制度说：

这个法却定的不好！将来读书人既有此一条荣身之路，把那文行出处都看得轻了。

所谓"文行出处"，是指读书人做官或退隐的行为准则，处则不失为真儒，出则可以为王佐。换句话说，该仕则仕，该隐则隐，这是中国古代士大夫"儒道互补"的精髓。孔子说得清楚："天下有道则见，无道则隐。邦有道，贫且贱焉，耻也；邦无道，富且贵焉，耻也。"意思是"天下有道就出来做官；天下无道就隐居不出。国家有道而自己贫贱，是耻辱；国家无道而自己富贵，也是耻辱"。

但是，一旦读书人热衷于功名富贵，怎么可能"无道则隐"？必然是有道无道都想着富贵，当然就会看轻"文行出处"。

《儒林外史》一开始就描写了周进、范进两个读书人中举前后的悲喜剧，就是要说明封建科举如何以它巨大的诱惑力腐蚀并摧残读书人的心灵。六十多岁的周进，因未曾进学，不得不忍受新进学梅三相公的嘲笑，后来连馆职也丢掉，只得跟着商人记账，参观贡院时，触景生情，竟痛极而疯，一生科场不得志的悲愤于此刻集中爆发：

　　周进一进了号，见两块号板摆的齐齐整整，不觉眼睛里一阵酸酸的，长叹一声，一头撞在号板上，直僵僵不醒人事。

范进也是个连考二十余次不中的老童生，被丈人胡屠户骂为"烂忠厚没用""现世宝穷鬼"。跟周进相反的是，范进是等到中了举，反而喜极而疯。

范进不看便罢，看过一遍，又念一遍，自己把两手拍了一下，笑了一声道："噫！好了！我中了！"说着，往后一交跌倒，牙关咬紧，不省人事。老太太慌了，慌将几口开水灌了过来。他爬将起来，又拍着手大笑道："噫！好！我中了！"笑着，不由分说，就往门外飞跑，把报录人和邻居都唬了一跳。走出大门不多路，一脚踹在塘里，挣起来，头发都跌散了，两手黄泥，淋淋漓漓一身的水。众人拉他不住，拍着笑着，一直走到集上去了。

范进虽然历尽艰辛中举了，可他有什么真学问？他只知道做八股文，连苏轼是谁都不知道，这样的人临政亲民，往往不通实务，还迂腐固执。袁枚的《随园诗话》引过一首徐大椿的《道情诗》，经常被人引用来证明以八股取士的可笑之处：

读书人，最不济，烂时文，烂如泥。国家本为求才计，谁知道变作了欺人技。三句承题，两句破题，摇头摆尾，便道是圣门高第。可知道三通、四史是何等样文章？汉祖、唐宗是哪一朝皇帝？案头放高头讲章，店里买新科利器，读得来肩背高低、口角唏嘘！甘蔗渣儿嚼了又嚼，有何滋味？辜负光阴，白白昏迷一世。就教他骗得高官，也是百姓朝廷的晦气。

吴敬梓不仅生动地刻画了这些在科举制度毒害下扭曲的灵魂，还着力描写了周进、范进命运转变过程中，围绕在他们周围的人间色相。周进巍然中了以后，"不是亲的也来认亲，不相与的也来认相与"，早年坐馆的地方也恭恭敬敬供了他的"长生禄位"。范进中举之后，作者借何美之浑家口中数语形容范太太的发迹变泰："他媳妇儿，是庄南头胡屠户的女儿，一双红镶边的眼睛，一窝子黄头发，那日在这里住，鞋也没有一双，夏天靸着个蒲窝子，歪腿烂脚的，而今弄两件'尸皮子'穿起来，听见说做了夫人，好不体面！""昔为人所轻，今为人所妒"，这正是周进、范进们所处那个势利的社会环境，也是士人们殚精竭虑埋头科举之因由。

《儒林外史》中还塑造了一位对科举极为虔诚的马二先生。他补廪①二十四年，始终中不了，然而他对科

---

① 补廪：明清对生员的奖励方式。明清时府、州、县学对生员有岁考，按成绩分为六等，考列一等者，凡增生、附生等均可补为廪生，称补廪。廪生，即由府、州、县按时发给银子和粮食补助生活的生员。

举全无怨怼，只感到"不胜惭愧"，仍然四处宣扬科举八股的好处，说连孔子生在今天，都不能不去考科举：

> "举业"二字是从古及今人人必要做的。就如孔子生在春秋时候，那时用"言扬行举"做官，故孔子只讲得个"言寡尤，行寡悔，禄在其中"，这便是孔子的举业。讲到战国时，以游说做官，所以孟子历说齐梁，这便是孟子的举业。到汉朝用"贤良方正"开科，所以公孙弘、董仲舒举贤良方正，这便是汉人的举业。到唐朝用诗赋取士，他们若讲孔孟的话，就没有官做了，所以唐人都会做几句诗，这便是唐人的举业。到宋朝又好了，都用的是些理学的人做官，所以程、朱就讲理学，这便是宋人的举业。到本朝用文章取士，这是极好的法则，就是夫子在而今，也要念文章、做举业，断不讲那"言寡尤，行寡悔"的话。何也？就日日讲究"言寡尤，行寡悔"，那个给你官做？孔子的道也就不行了。

马二先生如此看重八股，也因为他还是一位极为认真的八股文选家，希望用自己的眼力与经验，帮助年轻举子去争取功名富贵。"马二先生游西湖"是《儒林外史》的著名章节，马二先生对"天下第一个真山真水的景致"毫无领会,眼中甚至也没有船上穿红着绿的各色女人,他最关注的,是湖沿上酒店中的鸡鸭鱼肉。举业与饮食,大概是马二先生仅有的两个兴趣了。

科举能求取功名富贵,成功之后会怎样呢?《儒林外史》里有一位臧蓼斋,很诚实地表白他为什么要拼命花钱补个廪生:"廪生,一来中的多,中了就做官。就是不中,十几年贡了,朝廷试过,就是去做知县、推官,穿螺蛳结底的靴,坐堂,洒签,打人。"这就直言不讳地将举业与做官的利益露骨地联系起来。这样的人,出仕易成贪官污吏,处乡多为土豪劣绅。

科举制度作为选拔人才的制度,当然曾在历史上有过极大的功用。只是明朝以后以八股文取士,人们更多地看到了科举制度摧残人才的弊病——往往会让热衷功名的读书人失却初心。王惠由举人而进士,一到南昌任上念念不忘的却是"三年清知府,十万雪花银",衙门里满是"戥子声、算盘声、板子声",这样只顾中饱私囊的人,竟被朝廷目为"第一能员"。

《儒林外史》还用大量篇幅刻画了那些"假名士",他们大多是科场失意的读书人,他们明明极其恋慕功名,却偏偏"假托无意功名富贵,自以为高"。像湖州名士的群像,借大家子弟娄三娄四公子的求贤活动一一出场,杨执中的呆气,权勿用的疯气,还有"侠客"张铁臂那个装着猪头的革囊，名士们的乌烟瘴气，使得二娄公子"半世豪举，落得一场扫兴"。而杭州名士风格又不同，他们一出场就自豪地说："我杭城多少名士都是不讲八股的。"他们口中最羡慕的是名士赵雪斋："虽不曾中进士，外边诗选上刻着他的诗几十处，行遍天下，那个不晓得有个赵雪斋先生？只怕比进士享名多着哩！"可实际上，这些名士高谈阔论，拣韵联诗，仍掩盖不了心底对功名富贵的渴望。附庸风雅，趋炎附势，奔走权门之间，讨些残杯冷炙，就是杭城这群抖抖索索的斗方名士的写照。

这里尤其可以留意的，是张铁臂那样的"侠客"，战国的韩非说过"儒以文乱法，侠以武犯禁"，文士与侠客是一对可以比照的符号。娄三娄四两位公子，正是身为不入流的文士，又倾慕侠客的豪情，才会赠银张铁臂，又大张旗鼓开什么"人头会"。但在《儒林外史》的时代，不只名士不是真名士，侠客也完全是在拆烂污。鲁迅曾就这段情节来比较中西文学史上的"真假吉诃德"：

> 西洋武士道的没落产生了堂·吉诃德……他其实是个十分老实的书呆子。看他在黑夜里仗着宝剑和风车开仗，的确傻相可掬，觉得可笑可怜。

然而这是真正的吉诃德。中国的江湖派和流氓种子，却会愚弄吉诃德式的老实人，而自己又假装着堂·吉诃德的姿态。《儒林外史》上的几位公子，慕游侠剑仙之为人，结果是被这种假吉诃德骗去了几百两银子，换来了一颗血淋淋的猪头，——那猪算是侠客的"君父之仇"了。

真吉诃德的做傻相是由于自己愚蠢，而假吉诃德是故意做些傻相给别人看，想要剥削别人的愚蠢。

这个情节并非吴敬梓原创，在笔记小说里早已有之，但是吴敬梓将它组合在这里，以假侠客、假名士相对照，就很好地反映了"故意做些傻相给别人看，想要剥削别人的愚蠢"这个结论。这些假名士、假侠客是鲁迅所说的"做戏的虚无党"，他们已经不相信历史上的名士、侠客追寻的风雅玩世或侠义济世，而只是以这样的人设当幌子，骗吃骗喝骗银子。像杨执中向娄三娄四公子推荐权勿用时说：

> 我有一个朋友，姓权，名勿用，字潜斋，是萧山县人，住在山里。此人若招致而来，与二位先生一谈，才见出他管、乐的经纶，程、朱的学问，此

乃是当时第一等人。

然而在乡人口中，权勿用的本来面目是这样的：

他在山里住，祖代都是务农的人，到他父亲手里，挣起几个钱来，把他送在村学里读书。读到十七八岁，那乡里先生没良心，就作成他出来应考。落后他父亲死了，他是个不中用的货，又不会种田，又不会作生意，坐吃山崩，把些田地都弄的精光，足足考了三十多年，一回县考的覆试也不曾取。他从来肚里也莫有通过，借在个土地庙里训了几个蒙童。每年应考，混着过也罢了。不想他又倒运，那年遇着湖州新市镇上盐店里一个伙计，姓杨的杨老头子来讨账，住在庙里，呆头呆脑，口里说甚么天文地理、经纶匡济的混话。他听见就像神附着的发了疯，从此不应考了，要做个高人。自从高人一做，这几个学生也不来了，在家穷的要不的，只在村坊上骗人过日子。口里动不动说："我和你至交相爱，分甚么彼此！你的就是我的，我的就是你的。"这几句话，便是他的歌诀。

结果，杨执中、权勿用这两位高人，因为杨执中儿子偷拿了权勿用五百钱，反目成仇：

> 权勿用道："我枕头边的五百钱，你可曾看见？"老六道："看见的。"权勿用道："那里去了？"老六道："是下午时候我拿出去赌钱输了，还剩有十来个在钞袋里，留着少刻买烧酒吃。"权勿用道："老六！这也奇了！我的钱，你怎么拿去赌输了？"老六道："老叔！你我原是一个人，你的就是我的，我的就是你的，分甚么彼此？"说罢，把头一掉，就几步跨出去了。把个权勿用气的，眼睁睁敢怒而不敢言，真是说不出来的苦。自此权勿用与杨执中彼此不合，权勿用说杨执中是个呆子，杨执中说权勿用是个疯子。

足见这些人的互相标榜，只不过是商业互吹，只要一碰到利益纠纷，彼此的欣赏与交情，就烟消雪融了。所以，这些假名士与王惠、范进那样的真官僚，做派不一样，却同是沉溺于名利欲望的势力鬼。

功名之外有天地

说到真假名士，儒林外史里有一对可以对照的兄弟。莫愁湖高会的主角是杜少卿的堂兄杜慎卿,他门第清贵,潇洒雍容,还是"江南数一数二的才子","太阳地里看见自己的影子,也要徘徊大半日",颇有点真名士的风度。杜慎卿喜欢听歌唱曲,但"听久了,也觉嘈嘈杂杂,聒耳得紧";他爱作诗,别人提议"即席分韵",他又说这是"而今诗社里的故套"。他所做的"惊天动地"的大事,原来不过是召集全城的旦角来表演,博得一个"名震江南"的风流美名。

杜慎卿似乎不喜欢女色,甚至是厌女的,说"我太祖高皇帝云:'我若不是妇人生,天下妇人都杀尽',妇人那有一个好的?小弟性情,是和妇人隔着三间屋就闻见他的臭气"。倒是对"美男"很感兴趣,希望能碰上一个同生共死的同性"朋友"。但是这些都不耽误杜慎卿纳妾,以他的说法是为了"嗣续大计",这让人想起宋明的一些道学家,每次上床前一定会祷告天地,说自己是为了传宗接代,不是为了自己享乐。

这位杜慎卿,人设是极致的厌俗,周围的俗人俗物,都让他难于忍受。但实际此人最后仍然选择科举作为自己的归宿,用《红楼梦》给妙玉的判词来形容就是"欲洁何曾洁,云空未必空",用杜慎卿自己的话来吐槽:"小弟看来,觉得雅的这样俗。"

而他的堂弟杜少卿,是杜慎卿眼中的"呆子"——

"纹银九七他都认不得，又最好做大老官。听见人向他说些苦，他就大捧出来给人家用"。杜少卿似乎与钱有仇，到处周济人，不管好人歹人，似乎一味要把家财散尽。

但杜少卿并非真是别人眼中的"空心大老官"。杜少卿这个人物身上一向被认为寓有作者吴敬梓的影子。杜少卿蔑视科举，说"学里秀才，未见得好似奴才"；他傲视权贵，王知县要会他，他说："他果然仰慕我，他为甚么不先来拜我，倒叫我拜他？"北门汪盐商家酬生日请王知县，王知县请他去做陪客。杜少卿道："你回他，我家里有客，不得到席。这人也可笑得紧，你要做这热闹事，不会请县里暴发的举人进士陪？我那得工夫替人家陪官！"到了王知县被罢官无处安身时，他又主动请他到家里来住，"而今他官已坏了，又没有房子住，我就该照应他"。

像杜少卿这种不热衷功名富贵的读书人，在势利现实的官场体系里，总是举步维艰。杜少卿的父亲"做官的时候，全不晓得敬重上司，只是一味希图着百姓说好；又逐日讲那些'敦孝悌，劝农桑'的呆话"；萧云仙在青枫城兴农桑、劝学堂，汤镇台在野羊塘平定叛乱，这些实实在在做事的官员，却都没有好的结局，不是降职，就是丢官。故而杜少卿拒绝朝廷征辟时说：

"正为走出去做不出什么事业，徒惹高人一笑，所以宁可不出去的好。"

杜府老管家娄文焕是真心为少卿好的，他临终时叮嘱少卿：

> 我在你家三十年，是你令先尊一个知心的朋友。令先尊去后，大相公如此奉事我，我还有甚么话？你的品行、文章，是当今第一人，你生的个小儿子，尤其不同，将来好好教训他成个正经人物。但是你不会当家，不会相与朋友，这家业是断然保不住的了。像你做这样慷慨仗义的事，我心里喜欢，只是也要看来说话的是个甚么样人。像你这样做法，都是被人骗了去，没人报答你的。虽说施恩不望报，却也不可这般贤否不明。……你平生最相好的是你家慎卿相公，慎卿虽有才情，也不是甚么厚道人。你只学你令先尊，将来断不吃苦。你眼里又没有官长，又没有本家，这本地方也难住，南京是个大邦，你的才情，到那里去，或者还遇着个知己，做出些事业来。这剩下的家私是靠不住的了。大相公，你听信我言，我死也瞑目。

后来杜少卿果然去了南京，会集一帮或真或假的同志，重修泰伯祠，成就一番事业。但所谓崇贤尊道，跟日常生活没什么关系，因此旋起旋灭。反而是杜少卿称赞不肯给盐商宋为富做妾而私自逃婚、以刺绣和诗文在南京自食其力的沈琼枝说："盐商富贵奢华，多少士大夫见了就销魂夺魄，你一个弱女子，视如土芥，这就可敬的极了。"显示出了对独立女性的尊重，是了不起的先进价值观。

杜少卿还有一个名场面，是带着妻子游清凉山：

> 娘子因初到南京，要到外面去看看景致。杜少卿道："这个使得。"当下叫了几乘轿子，约姚奶奶做陪客，两三个家人婆娘都坐了轿子跟着。厨子挑了酒席，借清凉山一个姚园。……娘子和姚奶奶一班人上了亭子，观看景致。一边是清凉山，高高下下的竹树；一边是灵隐观，绿树丛中，露出红墙来，十分好看。坐了一会，杜少卿也坐轿子来了。轿里带了一只赤金杯子，摆在桌上，斟起酒来，拿在手内，趁着这春光融融，和气习习，凭在栏杆上，留连痛饮。这日杜少卿大醉了，竟携着娘子的手，出了园门，一手拿着金杯，大笑着，在清凉山冈子上走了一里多路。背后三四个妇女嘻嘻笑笑跟着，两边看的人目眩神摇，不敢仰视。

比起杜慎卿来，杜少卿的价值观、性别观、财富观，不知道高明到哪里去了！所以这两兄弟摆在一起，一个似雅实俗，一个出淤泥而不染。作者心目中的高低上下，一目了然。

《儒林外史》还特别尊重一种人，就是身处功名富贵圈外的市井小民和市井奇人。像修乐器的倪老爹、看坟的邹吉甫、开米店的卜老爹、开小香蜡店的牛老儿等，他们都是忠厚诚笃、朴实善良的下层劳动人民。作者借向鼎称赞鲍文卿来映衬文人的品行："而今的人，可谓江河日下。这些中进士、做翰林的，和他说到传道穷经，他便说迂而无当；和他说到通今博古，他便说杂而不精；究竟事君交友的所在，全然看不得，不如我这鲍朋友，他虽生意是贱业，倒颇多君子之行。"

又如南京城里一群假名士吟风弄月，却在山里看见了两位真正的市井风雅人：

坐了半日，日色已经西斜，只见两个挑粪桶的挑了两担空桶，歇在山上。这一个拍那一个肩头道："兄弟，今日的货已经卖完了，我和你到永宁泉吃一壶水，回来再到雨花台看看落照！"杜慎卿笑道："真乃菜佣酒保都有六朝烟水气，一点也不差！"

小说结尾还刻画了市井四大奇人：季遐年写字、王太卖火筒、盖宽开茶馆、荆元做裁缝。他们都是做小买卖的手艺人，但各怀绝技，分别精通琴棋书画。他们共同的品质是鄙弃权势富贵，自食其力，过着"又不贪图人的富贵，又不伺候人的颜色，天不收，地不管"的自由自在的生活。

这样的市井隐逸，才是吴敬梓心目中真正的"儒"，在这些身在儒林之外的市井小民身上，却有着令儒林士人汗颜的高贵品质。

如果说，吴敬梓的忏悔心态、性别观念，都可以与同期的《红楼梦》相提并论；而吴敬梓对江南市井生活的观察入微，细节毕现，又直逼明代奇书《金瓶梅》。比如有名的马二先生游西湖，马二先生固然对山水名胜了不措意，但他眼里的人间烟火、饮食闹热，当年也很让我读的时候流下了长长的口水，后来到杭州游玩，脑海里全是马二先生的导游词。是这样的：

> ……马二先生看了一遍，不在意里。起来又走了里把多路，望着湖沿上接连着几个酒店，挂着透肥的羊肉，柜台上盘子里盛着滚热的蹄子、海参、糟鸭、鲜鱼，锅里煮着馄饨，蒸笼上蒸着极大的馒头。马二先生没有钱买了吃，喉咙里咽唾沫，只得

走进一个面店，十六个钱吃了一碗面。肚里不饱，又走到间壁一个茶室，吃了一碗茶，买了两个钱处片嚼嚼，倒觉得有些滋味……女人也不看他，他也不看女人，前前后后跑了一交。又出来坐在那茶亭内——上面一个横匾，金书"南屏"两字——吃了一碗茶。柜上摆着许多碟子：橘饼、芝麻糖、粽子、烧饼、处片、黑枣、煮栗子。马二先生每样买了几个钱的，不论好歹，吃了一饱。马二先生也倦了，直着脚跑进清波门，到了下处，关门睡了。因为走多了路，在下处睡了一天。

……那房子也有卖酒的，也有卖耍货的，也有卖饺儿的，也有卖面的，也有卖茶的，也有测字算命的。庙门口都摆的是茶桌子，这一条街，单是卖茶就有三十多处，十分热闹。

马二先生正走着，见茶铺子里一个油头粉面的女人招呼他吃茶，马二先生别转头来就走，到间壁一个茶室泡了一碗茶。看见有卖的蓑衣饼，叫打了十二个钱的饼吃了，略觉有些意思……

我常说，一部古典小说好不好，主要看它能不能让我感到"馋"。大家在看古典小说时，不妨照着这一层去想，包你八九不离十。

未有公心如此书

《儒林外史》在揭示精英政治的破产、文人的生存危机、道德沦丧和价值缺失等方面，达到了前所未有的高度。《儒林外史》的生命力，不仅在于它以敏锐的观察和细腻的反讽笔法展现了士林的众生百态，而且在于它触及了儒家精英社会一些核心问题及困境。学者商伟的《礼与十八世纪的文化转折》便是以此为出发点来解读吴敬梓的《儒林外史》。商伟认为，十八世纪的思想文化领域中发生了一系列根本性的转变，这些转变直接或间接地导致了儒家世界的最终解体。《儒林外史》既是这些转变的产物，也是对这些转变的回应。商伟认为，这正是《儒林外史》的意义所在，可以用来解释它在中国思想、文化和文学史上无可取代的重要地位。

但是，比起思想性而言，《儒林外史》更值得称道的是它的写作心态与讽刺艺术。吴敬梓的思想并不领先于他的时代，八股的坏处，明末的顾炎武、黄宗羲这些人都讲过，清代的袁枚、方苞等很多人也痛骂八股。但小说的优长就是在这里，它不是一条一条给你分析、讲道理，写世态就够了。写好了世态，真实地把这个世风写出来，就算完成了它的使命。

鲁迅先生在《中国小说史略》中评价说：

迨吴敬梓《儒林外史》出，乃秉持公心，指摘时弊，机锋所向，尤在士林；其文又戚而能谐，婉而多讽：于是说部中乃始有足称讽刺之书。

又说：

是后亦鲜有以公心讽世之书如《儒林外史》者。

《儒林外史》之所以能达到中国古代小说讽刺艺术的高峰，正是由于作家创作态度的严肃，吴敬梓不是"私怀怨毒，乃逞恶言"，而是出于悲天悯人的忧患之心。吴敬梓对他笔下的各种人物有褒贬、有嘲讽，但矛头却总是指向那个产生这些人物的社会。

鲁迅评价《红楼梦》很少"叙好人完全是好，坏人完全是坏的"（《中国小说的历史的变迁》），《儒林外史》亦是如此。如书中写王玉辉鼓励女儿自杀殉夫，说这是"青史留名的事"。后来女儿死了，他仰天大笑说："死得好！死得好！"但到了送女儿去烈女祠公祭时，他却"转觉伤心，辞了不肯来"。此后出游外地，又三次触景生情，伤心落泪。这样层层推进，写出了王玉辉内心理智与情感、礼教和良心的冲突。

又如写周进点取范进时的心理活动：

> 周学道将范进卷子用心用意看了一遍，心里不喜道："这样的文字，都说的是些甚么话！怪不得不进学！"丢过一边不看了。又坐了一会，还不见一个人来交卷，心里又想道："何不把范进的卷子再看一遍？倘有一线之明，也可怜他苦志。"从头至尾，又看了一遍，觉得有些意思。……又取过范进卷子来看。看罢，不觉叹息道："这样文字，连我看一两遍也不能解，直到三遍之后，才晓得是天地间之至文！真乃一字一珠！可见世上糊涂试官，不知屈煞了多少英才！"忙取笔细细圈点，卷面上加了三圈，即填了第一名。

周进虽然与范进一样为科举体系所桎梏，但他对于老年赶考的范进，有着很强的共情之心，比起拿到功名就反过来打压、为难后辈的多数官员来说，周进仍然有着充满良心与温情的一面。又比如，范进中举喜极而疯，作者对他寄予了深切的同情，但作者同时也大力书写了范进居丧的虚伪，这位众人眼中的"老实人"竟然穿着"吉服"去打秋风，一边不用"银镶杯箸"，一边却在"燕窝碗里，拣了一个大虾元子送在嘴里"。小说写马二先生痴迷于八股迂腐,也写他怜惜并帮助匡超人,慷慨解囊为蘧公孙销赃弭祸,赞扬他的古道热肠;五河县的饱学秀才余特"品行文章是从古没有的",作者也让他出入公门,干涉词讼、私和人命。

最后,吴敬梓让书中许多被讽刺的人物,都参加了祭祀泰伯祠的典礼。所谓泰伯的至德,就是"三以天下让",泰伯三次把王位让给小弟季历,季历的儿子就是后来的周文王。皇位就是人世间最大的功名富贵,为了争夺皇位,许多统治者都可以不择手段。相形之下,受到功名富贵诱惑走上科举之路的知识分子,不是应该得到谅解和宽容吗?吴敬梓是站在社会环境和风俗的高度去观察和思考文人的生活和命运的,令人信服地把人物表现为环境和风俗的产物,把社会罪恶和堕落的责任主要归于八股取士的科举制度,并把这个制度视为"一代文人有厄",对不得不在这个制度下讨生活的士人抱以深切的同情和谅解。他的讽刺不是指向某一个人,而是对他身处的所谓"康乾盛世"的否定。

吴敬梓看到人性的缺憾,但是充满了同情谅解,这就是鲁迅说的"秉持公心"。而且,吴敬梓甚至在他笔下极力讽刺的人身上,找到了自我镜照和反省的绝佳契机。鲁迅在《中国小说史略》的前身《小说史大略》,还曾指出《儒林外史》有"共同忏悔之心":

然中国之谴责小说有通病，即作者虽亦时人之一，而本身决不在谴责之中。倘置身局内，则大抵为善士，犹他书中之英雄；若在书外，则当然为旁观者，更与所叙弊恶不相涉，于是"嬉笑怒骂"之情多，而共同忏悔之心少，文意不真挚，感人之力亦遂微矣。

正是基于"共同忏悔之心"的有无，鲁迅在定稿《中国小说史略》中，将《儒林外史》从与《官场现形记》《二十年目睹之怪现状》并列的"谴责小说"里摘了出来，单列了"讽刺小说"一类。的确，儒林外史并不专注于置身事外的"谴责"，它要讽刺与批判的其实是整个时代。难怪有时人批注说："慎勿读《儒林外史》，读竟乃觉日用酬酢，无往而非《儒林外史》。"

闲斋老人《〈儒林外史〉序》用"夫曰'外史'，原不自居正史之列也；曰'儒林'，迥异玄虚荒渺之谈也"来解释《儒林外史》命名的原因，说明了《儒林外史》在艺术手法上深受史传文学的影响。这种影响又主要表现在两个方面：一是结构方式，一是叙事方式。

在结构上，《儒林外史》没有一个贯穿全书的主角和连贯统一的主要情节，却有类似于正史"列传"中个别人物的精彩传记。《儒林外史》可以看作一部儒林列传，列传的顺序是：周进——范进——严监生严贡生——蘧公孙——匡超人——杜少卿，等等。这是一部既没有主干情节，也没有中心人物的长篇小说。情节设置是逸事性的，依次跟随不同的人物来展开叙述，从一个人物切换到另一个人物。小说呈现给我们的是一部由逸事组成的编年史。鲁迅先生在《中国小说史略》中说："惟全书无主干，仅驱使各种人物，行列而来，事与其来俱起，亦与其去俱迄，虽云长篇，颇同短制。"虽然这些人物之间或者根本没有关系，或者只有极其薄弱的联系，但却有着内在逻辑思想的一致，他们都统一在吴敬梓关于知识分子的现状和命运的整体思考之中。吴敬梓利用这种结构，让众多的人物分别表现时代生活的一个方面，而把他们集合在一起时就反映出了时代社会的多方面的社会面貌。

在叙事方式上，吴敬梓没有从当时习以为常的说书人全知视角来讲故事，而是让读者直接融入小说的叙述世界。难怪有人说：《儒林外史》是第一部激发我们以新的眼光看世界的中国现代小说。《儒林外史》不再模仿约定俗成的说书人口吻，小说既没有介绍出场人物的相貌、衣着的程式化的诗句和套语，也没有以叙述人的评论或引用惯用的俗语，来了解某一主要事件的叙述，而采取了客观叙事方式，作者尽量不对人物作出评论，把自己的态度、立场和观点隐藏起来。这种客观叙述是中国史传的传统笔法。

史家记叙历史，以秉笔直书为最高原则，在记叙中不直接表示自己的倾向，而是让事实说话。《儒林外史》的客观叙述达到了史书级别。如第七回中，荀玫刚中进士，家里就报母丧，为了不耽误科道考选，王惠就出主意让他瞒下这件事，两人找到周进、范进求保举，而这两位宗师都说"可以酌量而行"，到最后，还是因为官小不入"夺情"之例，"只得递呈丁忧"。这一群知书达理之人对自己那个时代所尊崇的伦理道德规范的明知故犯、钻营取巧，可见孝道的沦丧已经到了举世而不知其非的地步。卧评说："此正古人所谓直书其事，不加论断，而是非立见者也。"

这种严格的写实精神，还使吴敬梓超越了传统通俗小说"善恶有报"的道德观念，他没有因为自己的爱憎去剪裁生活，去牺牲生活的真实。如对于严贡生这位卑鄙无行的乡绅，作者虽然笔笔不肯放过，大写其恶，赖农民的猪、讹诈小民利钱、用云片糕使诈赖掉船夫的船资，但也让严贡生最终利用等级名分观念，成功地吞并了弟弟的财产；匡超人从一个孝子读书人堕落成流氓，不择手段，忘恩负义，但作者也没有再安排对匡超人的惩罚，相反让他按照真实生活的逻辑考取教习，成了表面上的人生赢家。

就讽刺艺术来说,《儒林外史》也达到了中国古典小说的顶峰。作者大量使用流行于当时文人圈子中的流言、笑话和逸事,来揭露这个阶层的做作虚伪和庸俗的市侩作风,产生了漫画式的效果。

吴敬梓是一个惜墨如金的极简主义者,擅长将辛辣的讽刺融于不动声色的客观叙述之中,他让小说中的人物和情节像现实生活那样展开,去呈现自身,讽刺的意味是通过情节的发展自然流露出来的。如牛浦对子午宫道士绘声绘色地描述自己与董老爷的交往时说:"我不曾坐轿,却骑的是个驴。我要下驴,差人不肯,两个人牵了我的驴头,一路走上去;走到暖阁上,走的地板'格登、格登'的一路响。"牛浦不是漫天扯谎,而是在努力要说得适合自己的身份,说得活灵活现,这样却反而暴露了他有限的见识和经验,就能引发读者会心的微笑。正是这种高超的讽刺艺术,让《儒林外史》可以跻身于中国最伟大的古典小说之列。

儒林第一·女性

第一封信 另一位赵姨娘的故事

晓蕾、秋水：

咱们终于要开始讨论《儒林外史》了。一般人说到《儒林外史》，首先想到的总是科举，是匡超人和马纯上（马二先生），周进与范进。咱们偏偏要在第一封信来说说《儒林外史》里的女性。

那天被问到古典名著的排名，我不得不承认，在公众心目中，《红楼梦》还是会压《儒林外史》一头——主要原因是《儒林外史》不写男女爱情，在一个任何行业剧、类型剧都要用大部分篇幅来谈恋爱的时代，没有爱情太影响流行与传播了。但没有爱情,不等于《儒林外史》里没有女性。比如秋水讲你的女性主义启蒙人物就是沈琼枝。所以书里的女性还是可圈可点的。

我今天想跟二位分享的是赵姨娘——不,我不是陷在《红楼梦》里没出来,这是另外一位,严监生严大育家的赵姨娘。但这位赵姨娘跟《红楼梦》里的赵姨娘也有非常相似的地方,她们都是"生了儿子的妾"。

《儒林外史》里的赵姨娘是广东高要人。高要古称端州,曾是宋徽宗赵佶的封地,此地是肇庆府治所,毗邻佛山所辖三水县,离省城广州一百八十余里,算得冲要之地。

赵姨娘家并不豪富,就是城里街上的普通人家,她父亲是扯银炉的手艺人,有个哥哥赵老二,自小送到米店去学生意。她是卖给人做妾的——东门里的严家二老爷,十多年没有子嗣,思谋买一房小妾来传香火。为此事,严家夫妇打了多少饥荒,到底买了赵家的女儿当妾。按明清律例"其民年四十以上无子者,方听娶妾",所以严二老爷买赵姨娘,合理合法。

赵氏进了严家的门,做小伏低自不必说,太太眼里没有她,又阻不得老爷传子嗣,只日逐将日用扣得密紧。严家本是勤俭的家风,不到年节动不得荤腥,太太又是个有嫁妆的,故此老爷也做不得声,只肯背人处与赵氏说些闲话。

幸得天从人愿，不上二年，赵氏竟生下一个麟儿。太太亦难再随意使唤她，反要拨两个丫鬟服侍。这位严太太待自己亦是一样刻薄，又不肯歇息，凡百事端，都要亲力亲为，加上心中忧愤，渐渐面黄肌瘦，有了下世的光景。

严老爷是个胆小有钱的人，每与赵氏私下说，太太王氏家里放着两个做廪生的哥哥，铮铮有名，若恶了他们，便太太没了，也扶你不得。赵氏记在心里，有事无事撺掇老爷，相与两个舅爷，又明里暗里劝老爷，太太王氏身虚要用补药，人参、附子只管去买。太太的病渐渐重起来，每日四五个医生穿梭家中，赵氏在旁侍奉汤药，极其殷勤，夜晚时抱了孩子在床脚头坐着哭泣，哭了几回。

那一夜道："我而今只求菩萨把我带了去，保佑大娘好了罢！"王氏道："你又痴了！各人的寿数，那个是替得的？"赵氏道："不是这样说！我死了，值得甚么？大娘若有些长短，他爷少不得又娶个大娘。他爷四十多岁，只得这点骨血，再娶个大娘来，各养的各疼。自古说：'晚娘的拳头，云里的日头。'这孩子料想不能长大，我也是个死数。

不如早些替了大娘去，还保得这孩子一命。"王氏听了，也不答应。赵氏含着眼泪，日逐煨药、煨粥，寸步不离。一晚，赵氏出去了一会，不见进来。王氏问丫鬟道："赵家的那去了？"丫鬟道："新娘每夜摆个香桌在天井里，哭求天地，他仍要替奶奶，保佑奶奶就好。今夜看见奶奶病重，所以早些出去拜求。"王氏听了，似信不信。

王氏太太须不是那心宽能容的人物，但宗嗣到底是自家的，赵氏既如此说，拗她不过，再听赵氏哭诉，不觉松了口道："何不向你爷说，'明日我若死了，就把你扶正，做个填房'。"赵氏飞请老爷进来，当面将这话说了，严老爷一迭声道："既然如此，明日清早就要请二位舅爷说定此事，才有凭据。"王氏心知此是夫妾合伙的算计，欲待争辩，却越不过仪礼，又自思是将死的人，只索罢了，摇手道："这个也随你们怎样做去。"

严老爷与赵氏晓得此时不是省钱的当口，舍了两封银子，每封一百两。果然二位舅爷没口子应承，他们又是读书人，说道此事，不特严老爷父母、自家妹子父母极力主张，连孔子亦是赞成的。严老爷大喜，只心忧自家大哥是县里有名的恶人，又是前任学台明取的贡生，欺负了自家这个钱捐的监生几十年，眼下虽去了省城，回来难免多话。两位舅爷道:"有我两人做主。但这事须要大做。妹丈!你再出几两银子,明日只做我两人出的,备十几席,将三党亲都请到了,趁舍妹眼见,你两口子同拜天地、祖宗,立为正室。谁人再敢放屁?"

赵氏当年进严家,不过一乘小轿,一件货物似的抬进门来。如今严老爷要抬举小妾,请舅爷们写了几十幅帖子,遍请诸亲六眷,先到王氏床前,写立王氏遗嘱,又请两位舅爷王于据、王于依都画了字,再到外面,严老爷与赵氏全照夫妇嫁娶礼仪。

两人双拜了天地,又拜了祖宗。王于依广有才学,又替他做了一篇告祖先的文,甚是恳切。告过祖宗,转了下来,两位舅爷叫丫鬟在房里请出两位舅奶奶来,夫妻四个,齐铺铺请妹夫、妹妹转在大边,磕下头去,以叙姊妹之礼。众亲眷都分了大小。便是管事的管家、家人、媳妇、丫鬟、使女,黑压压的几十个人,都来磕了主人、主母的头。赵氏又独自走进房内,拜王氏做姐姐,那时王氏已发昏去了。

行礼已毕,大厅、二厅、书房、内堂屋,官客并堂客,共摆了二十多桌酒席,宾主尽欢。吃到三更,奶妈来报,"奶奶断了气了!"严老爷放声大哭,赵氏冲入房内,一头撞在床沿上,哭死了过去。府里众人忙着施救不提,却有嘴利的丫鬟醒过神来,喝骂奶妈:"偏只说奶奶断气,利市不好,过了今日,仔细你的皮!"

这边赵氏虽然昏迷,亦不妨事,衣衾、棺椁都是现成的。三更没了太太,五更未到,人已入殓。贺喜的宾客多不肯走,此时立地变了吊客,参了灵,才回家去吃早饭。

严二爷家红白事连着,隔壁大老官家,五个儿子,一个也不曾到。夫妇二人心中不安,报丧、开丧、出殡,足足闹了半年,用了四五千两银子。赵氏欲待披麻戴孝,又是两位舅爷抢下来,只肯按姊妹论,戴一年孝,穿细布孝衫,用白布孝箍——这又是给赵氏吃一颗定心丸。

故此,"赵氏感激两位舅爷入于骨髓,田上收了新米,每家两石;腌冬菜,每家也是两石;火腿,每家四只;鸡、鸭、小菜不算"。严老爷是怕老婆成了习惯的人,虽然看着心疼,也不敢说句二话。

当年除夕,严老爷收到王氏放在当铺里生利的私房钱三百两,想起亡妻的好处,忍不住掉下泪来。赵氏乘机劝说,要将这些银子再替王氏做好事,又要送些给两位舅爷做科举盘川。严老爷见她只顾耗财邀名,甚是不快,一脚将伏在腿上的猫儿踢走,谁想那瘟猫将床板跳塌了一块,掉出王氏生前藏着的五百两银子,严老爷此时想念亡人,也不管王氏藏金的用途,只认作"恐怕我有急事，好拿出来用的"，想起来哭一场，一直哭到元宵节，兀自郁郁不乐，得了心口疼痛的病。撑了一年，不支去了。

临终时，严监生伸出中国文学史上最著名的两根指头，总不肯断气，无人晓得何意。闻讯赶将来的隔壁大侄子二侄子，纷纷猜"两个亲人不曾见面"（意指自己父亲未返）、"两笔银子不曾吩咐"，只有赵氏明白，他是看那灯盏里点着两茎灯草，恐费了油，说着话，忙走去挑掉一茎。严监生点一点头，把手垂下，登时就没了气。

严监生既死，赵氏心头只剩一块大石头，便是省里科举未归的大伯子。待得大老爷严贡生科举归来，赵氏立时三刻派奶妈、小厮去请。此时她手中有三张牌：

（1）自己生的儿子，无可争议的继承人，赵氏又让他给严贡生磕头，"全靠大爷替我们做主"；

（2）两位廪生舅爷的支持；

（3）送给大伯"簇新的两套缎子衣服，齐臻臻的二百两银子"。

果然，严贡生此时并不曾为难她，还说了几句宽慰的话："二奶奶！人生各禀的寿数，我老二已是归天去了，你现今有怎个好儿子，慢慢的带着他过活，焦怎的！"这声"二奶奶"叫得赵氏心内快活极了，一块石头也落了地。

然而，严贡生不同意严监生葬入祖茔，一面说"你爷的事，托在二位舅爷就是"，又道"等我回来擘酌"，紧跟着带二儿子上省结亲去了——此举亦是蓄势，将来发难时更有依仗。

去了大老爹这块心病，被卖的小户人家女儿赵氏，生了儿子的妾，终于走上自己的人生巅峰："赵氏在家掌管家务，真个是钱过北斗，米烂成仓，僮仆成群，牛马成行，享福度日。"

然而好景不长，小孩子出了七日天花，竟是没了。"赵氏此番的哭泣，不但比不得哭大娘，并且比不得哭二爷，直哭得眼泪都哭不出来，整整的哭了三日三夜"。

她毕竟是个有主见的人，立时便打发人请了两位舅爷来，商量要立大房里第五个侄子承嗣。赵氏的想法是："这立嗣的事是缓不得的……间壁第五个侄子才十一二岁，立过来，还怕我不会疼热他、教导他？……就是他伯伯回来，也没得说。"赵氏虽然不大识字，但无子立嗣的常识还是晓得，律令所谓"无子者，许令同宗昭穆相当之侄承继。先尽同父周亲，次及人功、小功、缌麻，如俱无，方许择立远房及同姓为嗣"。大老官家现放着"生狼一般"的五个儿子，哪可能有别的选项？赵氏唯愿能立个最幼的，方便控制，而且抢先造成既成事实，便不怕大老爷回来有甚多余言语。

大舅爷看到银子米肉分儿上，还待答应，小舅爷是个精的，抢先道："宗嗣大事，我们外姓如何做得主？"只肯写一封信，让人去省里请严贡生回来主事。

这小舅爷王仁，虽然只是县学里的廪生，不比他大哥是府学里的，但对于律例上事，委实比大哥清楚。律例规定："妇人夫亡无子守志者，合承夫分，须凭族长择昭穆相当之人继嗣。"而严家族长严振先，本人虽是乡约，"平日最怕的是严大老官"，他怎敢撇下严贡生自作主张？

于是，主动权又回到严大老官手中。

果然，严贡生从从容容，办完二儿子的亲事，做足架势，"借了一副'巢县正堂'的金字牌，一副'肃静''回避'的白粉牌，四根门枪插在船上；又叫了一班吹手，开锣掌伞，吹打上船"。

大老官回到家后，首先便制止了浑家给新媳妇腾房的举动，说儿子媳妇要去住二房的高房大厦。浑家说赵氏只要过继自家五儿子。严贡生把眼一瞪："这都由他么？他算是个甚么东西！我替二房立嗣，与他甚么相干？"流氓会武术，谁也挡不住。

严贡生再去二弟家，嘴脸便大不同，"二奶奶"也不叫了，两位舅爷也不大理会，只叫管事人等打扫正宅，"明日二相公同二娘来住"。赵氏还抱有一丝希望，想着退一步也罢，就过继老大家二儿子，自己也该是母亲的名分，怎么要搬出正房让儿子媳妇？

未料严大老官是心极黑手极辣的读书人，他先是吓得二位舅位仓皇托词溜掉，再是当赵氏透明，直接吩咐府里众人：

> 我家二相公明日过来承继了，是你们的新主人，须要小心伺候。赵新娘是没有儿女的，二相公只认得他是父妾，他也没有还占着正屋的。吩咐你们媳妇子把群屋打扫两间，替他搬过东西去，腾出正屋来，好让二相公歇宿，彼此也要避个嫌疑。二相公称呼他"新娘"，他叫二相公、二娘是"二爷""二奶奶"。再过几日二娘来了，是赵新娘先过来拜见，然后二相公过去作揖。我们乡绅人家，这些大礼都是差错不得的。你们各人管的田房、利息、账目，都连夜攒造清完，先送与我逐细看过，好交与二相公查点，比不得二老爹在日，小老婆当家，凭着你们这些奴才朦胧作弊。

一口一个"妾""小老婆"，完全不肯承认赵氏曾经的正房地位。

偏生这些下人,都听严贡生的,顶着赵氏的臭骂,仍是道:"大老爹吩咐的话,我们怎敢违拗!他到底是个正经主子。他若认真动了气,我们怎样了得。"下人的反叛,固然有赵氏平日里"装尊,作威作福"的缘由,亦足见世俗民情中,赵氏仍然算不得"正经主子"。

若是赵氏待人体贴,下人宾服,一起帮着赵氏与严大官人争执,甚至跟严家五个儿子斗殴起来——严家五子曾有将找猪的王大"拿拴门的闩、赶面的杖,打了一个臭死"的战绩——那又当如何呢?

依律例,赵氏还是占不了便宜,假设赵氏率下人将严贡生家人打伤打死,"凡妻妾殴夫之期亲以下,缌麻以上尊长,与夫殴同罪。至死者,各斩(清律改为斩监候)",严老大夫妇随便躺下碰个瓷,就够赵氏吃不尽的苦头。若是反过来,严老大家人打伤打死了赵氏,"若兄姊殴弟之妻,及妻殴夫之弟妹,及弟之妻,各减凡人一等。若殴妾者,各又减一等"。若是官府认定赵氏为妾,四舍五入,严老大一方的犯罪成本甚微。

故此赵氏只是"号天大哭,哭了又骂,骂了又哭,足足闹了一夜"。次日一乘小轿抬到衙前,喊了冤,托人写了状词。高要县正堂汤依规矩,次日批复:"仰族亲处覆。"

那就让族长来断。前面说了,族长严振先顶怕严大老官，他的说辞是"我虽是族长，但这事以亲房为主。老爷批处，我也只好拿这话回老爷"。其余亲族，更是白瞎：

> 那两位舅爷，王德、王仁，坐着就像泥塑木雕的一般，总不置一个可否。那开米店的赵老二、扯银炉的赵老汉，本来上不得台盘，才要开口说话，被严贡生睁开眼睛喝了一声，又不敢言语了。两个人自心里也裁划道："姑奶奶平日只敬重的王家哥儿两个，把我们不偢不睬，我们没来由今日为他得罪严老大。'老虎头上扑苍蝇'怎的？落得做好好先生。"

那么，赵氏到底是妻还是妾呢？如果她的儿子不死，这一点关系没那么大（因无别的嫡母在，这也是赵氏当初拼命要扶正的最大动因），但儿子没了，这妻妾之分便是霄壤之别。

细论起来，当时严监生与赵氏成婚，做得太急，二位舅爷拿了银子物事，只求巴结金主，凡事不顾，留下了偌大的漏洞：王氏还在，严赵就已拜堂成亲。

依律："妻在，以妾为妻者，杖九十，并改正。"严贡生又是亲长，家里人又未参与婚礼，他拿住此条，告到衙门，严究起来，赵氏少不得要改妻为妾。难怪族长回禀县衙,只能"混账":"赵氏本是妾,扶正也是有的。据严贡生说与律例不合,不肯叫儿子认做母亲,也是有的。总候太老爷天断。"而严贡生,就敢径以赵氏为妾,说出"像这泼妇,真是小家子出身。我们乡绅人家,那有这样规矩!不要恼犯了我的性子,揪着头发,臭打一顿,登时叫媒人来,领出发嫁"这般狠话。又没个正牌弟媳主持,严贡生要发卖已故兄弟的妾,也未必做不到。

赵氏终于忍受不了严老大的恶心恶言,也顾不得殴伤夫兄须加罪一等,要从屏风后奔出来揪他、撕他,被家人、媳妇劝住了。

至此,赵氏的主母梦走到了绝路。汤知县若断一个"准夫家族亲依礼处分,严赵氏不合以妾为妻,着改正",万般要强如曹七巧的赵氏,就是一个祥林嫂的下场:

> 现在她只剩了一个光身了。大伯来收屋,又赶她。她真是走投无路了。
>
> ——鲁迅《祝福》

好在,汤知县也是妾生的儿子,能与赵氏共情。这个寻常贪官,见了复呈道:"'律设大法,理顺人情。'

这贡生也忒多事了!"写了极长的批语说:"赵氏既扶过正,不应只管说是妾。如严贡生不愿将儿子承继,听赵氏自行拣择,立贤立爱可也。"

严贡生正在兴头上,哪里肯依,告到肇庆府,"府尊也是有妾的,看着觉得多事",将此案发回高要县,汤知县当然维持原判。严贡生又告到省里,按察司如何肯理这等细故,仍然批回府县。严大老官是狠人,直接打算"京控","赶到京里求了周学道,在部里告下状来,务必要正名分",可想而知,不会有什么下文。

高要县、肇庆府、广东省的一系列的判决,也并非无法可依,按律:"无子立嗣,除依律外,若继子不得于所后之亲,听其告官别立,其或择立贤能及所亲爱者,若于昭穆伦序不失,不许宗族指以次序告争,并官司受理。"这其实还是给了立嗣者选择腾挪的空间,所以严大老官的诉求点,应该还是"妾"根本连立嗣资格也是没有的。

严贡生坚持将二儿子过继给二房,也是有道理的,过继立嗣,没有立人家长房长子的——当然也有例外,像汪曾祺的例子。汪曾祺的二伯父汪常生早死无后,按说应该由长房次子汪曾炜过继,但二伯母不同意,她和汪曾祺的生母杨氏感情很好,所以要次房长子汪曾祺当儿子。汪常生念中学时就死了,汪家多少对二奶奶有内疚与亏欠之感，最后讨论出一个折中方案，将汪曾炜和汪曾祺都过继给二伯母，一个叫"派继"，由家族指定的，一个是"爱继"，遵从当事人的意愿。

但即使汪家很是将就，二伯母也有了两个名义上的儿子，最喜欢的继子汪曾祺还常上她屋去，听她教他《长恨歌》《西厢记·长亭》，喂他吃饭，吃点心。但最后，二伯母孙氏还是郁郁而终。她去世前，汪曾祺奉祖父命，去城隍庙为二伯母"借寿"——就像赵氏在后园祷祝，将自己的十年阳寿转借给重病者。赵氏是假意，汪曾祺是真心。但一样没用。

后来，汪曾祺把二伯母的故事写到了《珠子灯》里：

> 她变得有点古怪了，她屋里的东西都不许人动。王常生活着的时候是什么样子，永远是什么样子，不许挪动一点。王常生用过的手表、座钟、文具，还有他养的一盆雨花石，都放在原来的位置。孙小姐原是个爱洁成癖的人，屋里的桌子椅子、茶壶茶杯，每天都要用清水洗三遍。自从王常生死后，除了过年之前，她亲自监督着一个从娘家陪嫁过来的女用人大洗一天之外，平常不许擦拭。里屋炕几上有一套茶具：一个白瓷的茶盘，一把茶壶，四个茶杯。茶杯倒扣着，上面落了细细的尘土。茶

壶是荸荠形的扁圆的，茶壶的鼓肚子下面落不着尘土，茶盘里就清清楚楚留下一个干净的圆印子。

她病了，说不清是什么病。除了逢年过节起来几天，其余的时间都在床上躺着，整天地躺着，除了那个女用人，没有人上她屋里去。

其实就是得了抑郁症。汪曾祺后来说"对传统礼教下的妇女来说，丈夫去世，她也就死了，双重悲剧"，汪家没有人薄待二伯母，尚且如此，赵氏就算过继了大房的老五，几口子在隔壁虎视狼顾，她能享福到老吗？算来，她这时不过只有二十来岁，日子正长。

严贡生京城告状不成，返乡之后，以其毒辣心性，最大的可能，是想方设法逼赵氏改嫁，按律："其改嫁者，夫家财产及原有妆奁，并听前夫之家为主。"不单如此，改嫁的寡妇，若受对方财礼，这财礼也归前夫家所有（"孀妇自愿改嫁，翁姑人等主婚受财，而母家纵众抢夺，杖八十"），这又是祥林嫂被婆家卖到山里的故事了。

二伯母去世后，九岁的汪曾祺作为孝子为二伯母服丧尽孝，汪家甚至答应了二伯母娘家的要求，用老太爷的寿材发送了二儿媳，还有，棺材设灵在堂屋里——这都是"逾制"，然而汤知县说得好："律设大法，理顺人情。"这句话出自《后汉书·卓茂传》。汤知县连刘伯温是元朝进士都不知道，偏能引《后汉书》？只能说，这句话，虽出自汤知县之口，却是作者的心声。

我们看《儒林外史》里这位赵姨娘的故事，固然为严贡生的心狠手辣、二位舅老爷的无耻贪婪而悚然心惊，但仔细想想赵姨娘的命运，也会让人不寒而栗。我们当然早就知道，旧社会是一个对女性不友好的男权社会，但读《儒林外史》的时候，难免会被男性视角的叙事挡住眼睛。细细理一下，尤其是结合明清的律法，才发现赵姨娘简直是无路可走，她虽然鄙俗，但命运实在对她不公。在各大名著里，吴敬梓与曹雪芹的性别观是最先进的，曹雪芹借宝玉之口说"水做的""泥做的"，世人皆知，吴敬梓的观点，除了沈琼枝一节，却是藏在字里行间的。我想着把这个故事好好讲讲，正是想说明，《儒林外史》也是很值得深读的，非独科举名士那些显明的讽刺。晓蕾、秋水觉得呢？

等你们对《儒林外史》中女性书写的看法。

即请

文安

杨早

2023年5月16日

第2封信 《儒林外史》里为何没有『爱情』？

秋水、杨早好：

记得几年前杨早问我，除了《红楼梦》和《金瓶梅》外，还想要对哪本书"下手"？我说我盯上了《世说新语》，然后他"正言"宣告："《儒林外史》是我的！"我说你放心，对《儒林外史》我才不感兴趣呢。

这是真话。我的《儒林外史》阅读史一直停留在读书期间，这些年也没重读它的冲动，如果不是因为重读"六大名著"的计划，我可能还是不会再次拿起它。《儒林外史》的文风冲淡平易，人物和情节更是引而不发、十分克制，故在古典名著群体里一直不温不火、不上不下。但这次重读,我已然感觉它可能是"第二眼美女",如《金瓶梅》里的孟玉楼和《红楼梦》里的丫鬟鸳鸯,不美艳却耐看。希望能跟你们一起,把这本书读出个花团锦簇来。

这封信的主题是"女性",秋水说过她从书中沈琼枝这个人物那里获得了女性主义的启蒙,杨早也详尽分析了严监生小妾赵氏的处境,以及一个普通女性在那个时代的普遍性遭际,故认为在古典名著里,吴敬梓和曹雪芹的性别观算是先进的。在我以前的印象里,《儒林外史》里有故事的几乎都是男性,这些人在两性关系上也大都中规中矩,整本书飘散着浓郁的"老夫子"气质。不像《金瓶梅》、"三言二拍"、《红楼梦》,还有《聊斋志异》,喜欢以情感关系观察和考验书中男男女女,读者可从中探察其女性观。《儒林外史》却不写爱情,也没有什么才子佳人的故事。

就连最有资格"才子佳人"一番的蘧公孙,也没有什么浪漫故事。他一出场就是少年名士的气派,其祖父蘧太守和父亲蘧景玉不同于一般读书做官之人,少名利之心,多散淡之意,对蘧公孙也无什么举业的刚性要求。按祖父蘧太守的话:"近年我在林下,倒常教他做几首诗,吟咏性情,要他知道乐天知命的道理,在我膝下承欢便了。"是不是有点贾宝玉的气质呢？蘧公孙这样的家世和名头，来到"三言二拍"或《聊斋志异》的世界里，绝对会有二八佳人青睐。他确实也娶了"真有沉鱼落雁之容，闭月羞花之貌"的鲁小姐，但这桩婚姻是家长包办的，婚后的生活也非常压抑——鲁小姐热爱八股举业，自己也是写八股的高手（因膝下无儿，其父鲁编修把多年来钻研八股的心得都传授给了她），偏偏嫁个丈夫无心于此。蘧公孙告诉她："我于此事不甚在行。况到尊府未经满月，要做两件雅事；这样俗事，还不耐烦做哩。"他万万没想到的是，鲁小姐这样的美人居然不做雅事，偏偏热心八股，卿本佳人，奈何做贼耶？他大概被才子佳人这样的故事骗了，以为鲁小姐是才女，才女不应该是吟诗作赋红袖添香夜读书吗？结果误会大了。

至于风流倜傥的杜慎卿，会不会有机会谈个恋爱呢？抱歉，也没有。杜慎卿匆匆纳妾，还自言比起女人，他对男人间的情谊更感兴趣。

可以说，在书里，吴敬梓把男男女女都放在功名富贵这个照妖镜前，对才子佳人两情相悦这样的故事完全无感。张国风先生在《儒林外史的人间》这本书里讲了一个故事——吴敬梓的朋友李蓴门写了一本《玉剑缘传奇》，请吴敬梓为这本传奇作序。这部传奇是写男女恋爱的,"多言男女之私心",达到了"雕镂剿刻,畅所欲言""令观者惊心骇目"的程度。那么,这位不爱写爱情的作家,是如何评价别人的言情之作的?他在《玉剑缘传奇·序》中这样写道:

> 吾友蓬门所编《玉剑缘》,述杜生、李氏一笑之缘,其间多所间阻,复有铁汉之侠,鲍母之挚,云娘之放,尽态极妍。至《私盟》一出,几于郑人之音矣。读其词者沁人心脾,不将疑作者为子矜佻达之风乎?然吾友二十年来勤治诸经,羽翼圣学,穿穴百家,方立言以垂于后,岂区区于此剧哉!子云:"悔其少作",而吾友尚未即悔者,或以偶发于一时,感于一事,劳我精神,不忍散失。若以此想见李子之风流,则不然也。

吴敬梓唯恐读者误会其友热爱言情,人品佻达,赞扬了其写作技巧后就赶紧为他辩护,说他只是偶有所感才写了这样一本书,其实他是有正经学问的君子,在经学上颇有造诣呢,诸位千万不可误会。这篇序无意中起了反弹琵琶的效果,我还真想看看一个正经儒者是怎样写恋爱的。

众所周知,书中的杜少卿其实是吴敬梓自己的化身。吴敬梓康熙四十年（1701）生于安徽全椒，其曾祖兄弟五个，有四个是进士，可谓仕宦之家。他原本是二房一支的，过继给了没有子嗣的长房一支，十八岁中了秀才，之后几年，生父和嗣父亦先后去世，族人觊觎他的家产，开始了长达十几年的财产之争。他一怒之下，索性把家产全都挥霍掉，《儒林外史》里严贡生巧取豪夺严监生财产的情节写得步步惊心，或许也是出于他自己的亲身经历。后来，吴敬梓远离家乡来到南京，和妻子住在秦淮河边的淮清桥附近，当时他基本上已经千金散尽，生活相当清苦。对照着看，杜少卿的生活经历跟现实中的吴敬梓基本重合，性格也大差不差，杜少卿的家庭生活和两性观就是吴敬梓本人的说法，大抵不会错。

杜少卿名士风流，冠绝南京。一次，杜少卿跟朋友们论朱熹解经，认为朱夫子的观点并非金科玉律，不能丢掉儒家的原典只认朱子的书。以《诗·邶风·凯风》为例，朱熹在《诗集传》里评论这首诗："母以淫风流行，不能自守，而诸子自责，但以不能事母，使母劳苦为词。婉词几谏，不显其亲之恶，可谓孝矣。"认为母亲想再嫁，七个儿子深为自责，委婉劝谏母亲，体现了儿子的孝心。作为一个现代读者，我们知道从《毛诗序》到朱熹对《诗经》的解释，一路下来，基本上是道德保守主义的风格，他们认为，能经受忠孝节义考验的才是好诗。杜少卿不太认同，他的理由是：

> 古人二十而嫁，养到第七个儿子，又长大了，那母亲也该有五十多岁，那有想嫁之礼！所谓"不安其室"者，不过因衣服饮食不称心，在家吵闹，七子所以自认不是。

虽然这个解释依然没有跳出传统儒家的道德框架，但比朱熹"存天理，灭人欲"式的道德化阐释，更合乎人之常情，更为通达。还有《诗·郑风·女曰鸡鸣》，这首诗因"郑风淫"，让一向正统的儒家文人很为难，但他们认为既然孔子能存之，自然诗中别有深意。于是，从《毛诗序》到《诗集传》都解此诗为道德训诫："此诗人述贤夫妇相警戒之词。"后来闻一多先生认为，这首诗乃"乐新婚也"。杜少卿倒是提供了另一个思路：

> 但凡士君子横了一个做官的念头在心里，便先要骄傲妻子，妻子想做夫人，想不到手，便事事不遂心，吵闹起来。你看这夫妇两个，绝无一点心想到功名富贵上去，弹琴饮酒，知命乐天。这便是三代以上修身齐家之君子。这个前人也不曾说过。

在他看来，这对夫妇不为功名富贵所惑，才有和睦的生活、诚笃的感情。这解释虽然还是被统摄于修身齐家的正统价值观之内，但充溢着日常生活的色彩，颇有人情味儿。杜少卿一路解诗，说得兴起，又说到《诗·郑风·溱洧》，"也只是夫妇同游，并非淫乱"。

> 溱与洧，方涣涣兮。士与女，方秉蕳兮。女曰："观乎？"士曰："既且。""且往观乎！"洧之外，洵订且乐。维士与女，伊其相谑，赠之以勺药。（《溱洧》）

这首诗很让儒者为难。朱熹在《诗集传》里说，此诗描述的是"郑国之俗……此诗淫奔者自叙之辞"，孔子把它放到《诗经》里就是为了警戒后人。清代姚际恒在《诗经通论》也说："历观郑风诸诗，其类淫诗者，惟将仲子及此篇而已。"

在道德家眼里，"欲"是能溢出通常道德规范的一种神秘又可怕的力量。朱熹在《朱子语类》里说："心如水，性犹水之静，情则水之流，欲则水之波澜。但波澜有好底，有不好底。欲之好底，如'我欲仁'之类；不好底，则一向奔驰出去，若波涛翻浪。大段不好底欲则灭却天理，如水之壅决，无所不害。孟子谓'情

可以为善'，是说那情之正，从性中流出来者，元无不好也。"总结一下这段话，朱熹认为"性"是水之静，"情"是水之流，而"欲"则是翻滚的波浪。好"欲"万变不离其宗，不会远离"性"，坏"欲"就很难管束，一不小心就造成洪涝灾害。至于"情"，虽然比"欲"看着要乖巧，但夹在"性"与"欲"之间，也要万分警惕。跟孔孟尊重人情相比，宋明理学对"情"有了高度警惕性，更不用说"欲"了。

如果说朱熹有道德洁癖，杜少卿的态度就通达多了。他说如果诗中这对男女是夫妇，那不就好理解了吗？这相当于保留了"情"的部分合法性。虽然态度依然保守，但可比严肃古板的道德家们松弛多了。从孔孟到宋明理学，儒家道德有一个逐渐收紧的过程，比起宋明理学对"人欲"的苛刻审查，孔子要开明得多，他尊重人性和生活的常识，其道德体系能容许饮食男女，也承认"吾未见好德如好色者也"。吴敬梓则把正当的人欲还给天理，这样的道德观更接近原儒。

杜少卿自己的家庭生活也蛮温馨的。他妻子问他为什么辞官，他回答："你好呆！放着南京这样好顽的所在，留着我在家，春天秋天，同你出去看花吃酒，好不快活！为甚么要送我到京里去？假使连你也带往京里，京里又冷，你身子又弱……还是不去的妥当。"他荡尽家产，妻子也没有怪他，他也体谅妻子体弱，可见夫妻俩的感情很亲密，也很平等。杜少卿的一个朋友怂恿杜少卿纳妾，理由是整天和一个三十多岁的老嫂子看花饮酒，多扫兴，何不及时行乐？杜少卿回答，娶妾这事最伤天理，一个男人娶的妇人多了，必然造成别人没老婆呀，你们觉得我老婆老且丑，我却觉得她挺美的呢。

一次，杜少卿公然携妻子出游，喝醉了：

> 竟携着娘子的手，出了园门，一手拿着金杯，大笑着，在清凉山冈子上走了一里多路，背后三四个妇女嘻嘻笑笑跟着，两边看的人目眩神摇，不敢仰视。

这个情节常被现代读者许为名士风流，也是书中最出格的一幕，自然在当时遭路人侧目而视。一个秀才嘲他："时常同乃眷上酒馆吃酒，所以人都笑他。"浑雅端正的虞博士说："这正是他风流文雅处，俗人怎么得知。"情正，故风流文雅，俗人只知道谨守礼法，哪里知道其中真意。倘若孔子看见，大概也会莞尔而笑吧。

记得以前跟秋水聊，我们都认为评一个男性的人品，端看他如何对待女性。同样，一个男作家的女性观，也是他三观的底色。在家庭和社会层面，女性作为

弱势群体由来已久。在男尊女卑的天罗地网里，能把女性当作独立的个体来看来写，而不仅仅把对方当成工具，或者当成欲望的对象，这样的作家就不会太离谱。女性主义不仅是一种现代理论，也是一种共情能力，更是上位者共情下位者的能力，借助这种能力，才能看见被遮蔽的弱势群体，并由衷生出同情和悲悯。好的作家其实并不需要先进理论的启发，只需遵从自己的良知，尊重生活和人性的常识和逻辑。

这当然并不容易，即使现代女性也未必能做到。许鞍华导演的《黄金时代》，这个电影主要是讲述女作家萧红的爱情和人生，但导演的视角偏向了萧军，传递出来的信息就是：萧军其实是一个好男人好丈夫，是萧红情绪太不稳定了，不懂得珍惜他。你看，就算活在现代社会，也未必一定拥有一个现代人的视角和灵魂。

吴敬梓和他的《儒林外史》自有他的可贵。

很多没读过《儒林外史》的人也都知道书中有一个老秀才叫王玉辉，他是徽州人，生活非常清苦，几乎没有什么谋生能力，他的平生志向是写一部礼书、一部字书和一部乡约书。礼书是研究儒家礼仪，字书则是识字教科书，乡约书是指乡规民约。王玉辉之所以让人印象深刻，不是因为他的志向，而是他鼓励女儿绝食自杀守节。

丈夫死后，女儿决心绝食。当她说出这个打算，公婆和妈妈都惊得泪如雨下、百般劝阻，这是正常人的本能反应，王玉辉却全力支持："我儿，你既如此，这是青史上留名的事，我难道反拦阻你？你竟是这样做罢。我今日就回家去叫你母亲来和你作别。"随后，"王玉辉在家，依旧看书写字，候女儿的信息"。几个字平平淡淡，却惊心动魄，有恐怖故事高潮前的死寂感。当女儿的死讯传来，母亲哭死过去，王玉辉却说："你这老人家真正是个呆子！三女儿他而今已是成了仙了，你哭他怎的？他这死的好，只怕我将来不能像他这一个好题目死哩！"因仰天大笑道："死的好！死的好！"大笑着，走出房门去了。

认为女儿以死明志，死得好，王玉辉貌似是在坚守自己的道德信念，但这种信念因为极其反人性，反而伤害了真正的道德。道德源于共同体的公序良俗，是生存和繁衍的手段，而当道德被过分强调甚至妨害生命时，道德反而成了目的，人却成了手段。可怕的是，王玉辉的事是有原型的，明清时代徽州历史上的烈妇有65000人。人口只有6万的安徽休宁县，从清初到道光三年就有烈妇2200名。

女儿死后，当地随即启动表彰烈妇的流程。两个月后，王三姑娘被批准为烈妇，众人进祠堂祭祀，门口

也为她建了一个牌坊。按照仪式祭了一天，最后在明伦堂上摆席，要请王玉辉上坐，众人赞他生了这样的好女儿，为伦纪生了色。王玉辉却"转觉心伤，辞了不肯来"。虽然反射弧很长，他终究还是一个人。于是，"众人在明伦堂吃了酒，散了"。一个人的自杀，换来了一个牌坊、一场酒席。这一句话淡如水，却于无声处有惊雷，是大师笔法。鲁迅在《我之节烈观》里说："社会上多数古人模模糊糊传下来的道理，实在无理可讲；能用历史和数目的力量，挤死不合意的人。这一类无主名无意识的杀人团里，古来不晓得死了多少人物；节烈的女子，也就死在这里。"

跟曹雪芹一样，吴敬梓的价值观藏在文字的背后，并不明朗，需要读者自行体会。《红楼梦》里有一个守节的寡妇李纨，住在大观园的"稻香村"，宝玉批评这个住所跟周围极不协调，是伪装的田园。这个突兀的建筑，隐喻了李纨被扭曲的人生。

秋水最喜欢沈琼枝，就把她的故事留给秋水来讲。我也觉得她很有趣，这么能打，来到今天也能干出点儿名堂来。沈琼枝不愿意做盐商的妾，但也不着急走，而是先来到盐商家里观察一番。在一个幽静的院落里，她一边欣赏美景，一边心里盘算，旁边的丫鬟看在眼里，在盐商前评价她："新娘人物倒生得标致，只是样子觉得愓赖，不是个好惹的。"不好惹的沈琼枝，以绝妙手段偷走了一堆金银细软，一路奔向南京。她知道回到故乡没有活路，南京这样的大城市才有机会。她会跟地痞无赖讨价还价："（她）梳着下路绺鬏，穿着一件宝蓝纱大领披风，在里面支支喳喳的嚷。"还会迈着小脚从船上跳下来走得飞快，连押解她的官差都奈何不了她……杜少卿敬佩她不为盐商的财富所动："盐商富贵奢华，多少士大夫见了就销魂夺魄；你一个弱女子，视如土芥，这就可敬的极了！"

要让我说，我最敬佩沈琼枝的好身体。

颂安。期待回信。

晓蕾

2023年5月18日

第3封信 合理性和诗意

杨早、晓蕾:

你俩把耀眼的明星沈琼枝留给了我,我偏偏有了逆反的心思——她的故事太过传奇,她的形象过分独特,这样先驱式的人物,当然意义非凡,不过终究和大部分女性相隔太远。用晓蕾的话说,她是这么能打。记得在"名著三缺一"第一封信里,我就提到这个人物形象对我的影响,多年之后,我仍然激赏这个勇敢不凡的女性。但在现实的锤炼之下,我意识到"应然"和"实然"之间隔着万水千山,现实中,沈琼枝这样的女性大概率难以存活。某种意义上，作女、鲍廷玺第二任妻子王太太，都比她更能被社会接纳。沈琼枝这姑娘，除非上天分外垂怜，大概率被盐商家磋磨；即便走出深宅，在这个到处是骗子和游民的世界，她能否安然到达大邦南京也未可知；即便到了南京，她这样一个单身妇女，真能逃过地痞流氓的骚扰吗？武书一度认为沈琼枝是个"开私门的女人"（指当暗娼），他的猜度颇合理：

> 这个却奇。一个少年妇女，独自在外，又无同伴，靠卖诗文过日子，恐怕世上断无此理。只恐其中有甚么情由。他既然会做诗，我们便邀了他来做做看。

你们瞧，纵然也曾年轻气盛，总有走到战战兢兢的一天。所以，我倒是倾向于作者塑造这么一个女性，也还是借此讥嘲追逐名利之辈。一如杜少卿的赞许之词："盐商富贵奢华，多少士大夫见了就销魂夺魄；你一个弱女子，视如土芥，这就可敬的极了！"

这回重读，我觉得沈琼枝其实有一低配版，那就是王冕的母亲。第一回《说楔子敷陈大义　借名流隐括全文》，借王冕故事为整部书立一对照人物。我这次注意到的反是他的母亲。她很有现实感，丈夫早逝，自觉无力供养儿子去学堂读书时,她并没有如贞节旌表上常说的那样,茹苦含辛非要让儿子去读书,而是给儿子找了个谋生的活儿——给邻居家放牛。放牛娃先是存钱买旧书,后来喜欢上了画画,又买胭脂铅粉,母亲也并不埋怨他不务正业,或怎么不存钱将来娶媳妇云云。长大后王冕也是个异类,看见《楚辞图》上画的屈原衣冠,就自制一顶极高的帽子,戴着高帽,穿了阔衣,赶着牛车,唱着歌儿,到处玩耍。而母亲也竟然跟着他,在村镇,到湖边,想来不只不反对,竟是乐在其中了。他要躲当官的以势压人,想出门避祸,又担心母亲,母亲却不害怕,说有卖诗画攒下的银子,衣食无忧,表示:"你又不曾犯罪,难道官府来拿你的母亲去不成?"这等不畏祸,也真少见。弥留之际的一番言语,更见得她有大智慧:

>我眼见得不济事了。但这几年来,人都在我耳根前说你的学问有了,该劝你出去做官。做官怕不是荣宗耀祖的事?我看见这些做官的都不得有甚好收场。况你的性情高傲,倘若弄出祸来,反为不美。我儿可听我的遗言,将来娶妻生子,守着我的坟墓,不要出去做官,我死了,口眼也闭!

她真是清醒,看透功名利禄下潜藏的危机,又深知儿子的个性并不适合在官场上厮混,故而以临终遗言的方式,绝了儿子考科举做官这条路。王冕的母亲远没有沈琼枝那么耀眼。她没有沈琼枝的雄心,谋生能力也有限。丈夫去世后,独自养孩子十分艰难,靠变卖家中物品、做针线活维生,儿子有能力赚钱后,就靠儿子养着。这是古代无数女性的境遇,但王冕的母亲展示出的却是一种现代人格。她并不拥有现代女性的经济独立,却有着哪怕当代女性也少见的情感独立。传统上,女性以爱的情感来界定自身,这不仅根植于女性所受的教育,也根植于生物学基础。王冕的母亲却没有把儿子当作工具人,不顾一切要他去显亲扬名。她当然爱自己的儿子,但并没有完全地依赖他,成为孝道的一个摆设;相反,她能看到儿子的内在,也尊重他的自由和天性。最难得的是,她也参与到儿子的"行为艺术"中,享受那游赏的乐趣。可想而知,这对母子的牛车游,也成为被观看指斥的对象。"跟着儿子瞎胡闹"大概是免不了的社会风评。

既有清醒、理性的人生态度,又有好玩有趣的生活方式,难怪评论家会说"非此母不生此子"。

王冕的母亲,也还大致上没有跳出社会规范,所以我才说她是低配版沈琼枝(仅就"反叛"程度而言,并无高下之分)。某种意义上,《儒林外史》就是一个主流和非主流相碰撞的世界。我这次有兴趣的是主流世界里的女性们。杨早为赵姨娘作传,我觉得她是多了不起的女性啊。尽管最后被凶狠的严贡生摆了一道,但她真的在社会规则之内实现了利益最大化,可以说是姨娘界最卷的小妾了,一度也达到所能到达的最顶点。而且在这个过程中,她也没有伤害到谁,全是银子和情分铺出来的正途。说真的,熬到只有她知晓文学史上伸着的最著名的两个指头是什么意思,那内里是日积月累的用心、体贴、察言观色。

《儒林外史》是一部男人之书,整部书都在说形形色色的男性故事,说他们如何搞事业——考科举、挣名头、骗钱财。这个世界里的女性,绝大部分都是边角料,无名无姓,一生的使命便是用痛苦和生命为代价,过完自己工具人的一生。鲍廷玺第一任妻子,被家主安排,招了他这外路人做女婿。"又过了几个月,那王家女儿怀着身子,要分娩;不想养不下来,死了。"几句话,就是短短一生。范进的母亲和妻子,在他未中举前,备尝艰辛,他去城里参加乡试,家里饿了两三天,到出榜的时候,家里没米,母亲只好让他去卖了生蛋的母鸡,买几升米来煮粥吃,此时她"饿的两眼都看不见了"。堕落青年匡超人先娶了一房妻,送回老家,到了京师，停妻再娶，原先娶的妻子倒死了——在他看来，可死得正正好。牛浦这个原本朴实的青年，也是家中娶了妻，又在异地招赘，他那元妻又是何等可怜。

即便是鲁小姐这样的官宦小姐，同样无法选择自己的人生。父亲鲁翰林看走了眼，以为蘧公孙是个有才华、前程一片光明的有为青年，托人上门求亲。说起来第十回《鲁翰林怜才择婿　蘧公孙富室招亲》真是好看至极，尤其是婚礼一段，先是老鼠掉到了滚热的汤里，从新郎官身上跳下去，把簇新的大红缎补服弄油了；又是一个雇来的仆人端盘子，把两个碗和粉汤都打碎在地下，被两只狗争抢，他去踢狗，钉鞋踢脱，掉到了席上，打烂了两盘点心，招引得吃席的人又打翻了粉汤碗。这般鸡飞狗跳的婚礼，预兆新婚夫妻三观不合：一个要做名士，一个一心考公。用晓蕾的话说，蘧公孙大概也被才子佳人的故事骗了，以为鲁小姐是才女，而才女就应该是诗词高手而不屑于八股，没料到偏偏自己碰到了"惊喜"。

我年轻时，极不喜鲁小姐，也是被风流名士这类的话骗了。其实鲁小姐不仅天资高、记性好，也极上进。父母只她一个，对她百般培养，以弥补不得子的缺憾。"五六岁上请先生开蒙，就读的是'四书''五经'；十一二岁就讲书、读文章。"（第十一回）她对于八股文章的批注和研读煞费苦心,"晓妆台畔,刺绣床前,摆满了一部一部的文章,每日丹黄烂然,蝇头细批"。一个好好的女孩子,热衷八股文,也下了这许多功夫,这纯是兴趣了,因为女性又不能参加科举。兴趣难道分什么高下吗?如果穿越到现在,鲁小姐不拿个状元说不过去,谁敢笑她?我觉得鲁小姐大概是在八股文的修炼中,拓展了她的世界。传统社会女性的道德理想,是本分的女儿和贤妻良母,她们生活在篱笆围起来的家园,在纺锤和摇篮边度过一生,而鲁小姐却沉迷于男性领域,这也可以说是一种雄心。从这个角度看,鲁小姐也是当时女性中的异类了。

蘧公孙祖父去世之后,鲁小姐跟着回了老家嘉兴,治家理政,井井有条,亲戚无不称羡,可见她在传统的女性角色上也做得十分出色。丈夫不顶用,还好有下一代。鲁小姐生了儿子,四岁的时候就教他读"四书","课子到三四更鼓,或一天遇着那小儿子书背不熟,小姐就要督责他念到天亮"。这妥妥的虎妈无疑。放如今,家有此妻,得省多少补课费呀。我当然不是赞成鲁小姐这么鸡娃,孩子也忒辛苦了些。只是我们要放在当时的社会环境下看,鲁小姐其实方方面面做得不错。她在规范之内,同样也是卷到了极致。

至于说到鲁小姐被科举异化,视举业为人生理想,热衷考公的今人并没多少批评的合理性。真正的问题在于，为何社会只提供这么一条选拔的路？人们为何只能走这道窄门？马二先生说过一段话，评论历代选官制度：

> 就如孔子，生在春秋时候，那时用"言扬行举"做官，故孔子只讲得个"言寡尤，行寡悔，禄在其中"，这便是孔子的举业。讲到战国时，以游说做官，所以孟子历说齐梁，这便是孟子的举业。到汉朝，用"贤良方正"开科，所以公孙弘、董仲舒举贤良方正，这便是汉人的举业。到唐朝用诗赋取士，他们若讲孔孟的话，就没有官做了，所以唐人都会做几句诗，这便是唐人的举业。到宋朝又好了，都用的是些理学的人做官，所以程、朱就讲理学，这便是宋人的举业。到本朝，用文章取士，这是极好的法则。就是夫子在而今，也要念文章，做举业，断不讲"言寡尤，行寡悔"的话。何也？就日日讲究"言寡尤，行寡悔"，那个给你官做？孔子的道也就不行了。

一席话说得名士梦破裂后的蘧公孙如梦方醒，从此也变身虎爸，"每晚同鲁小姐课子到三四更鼓"。两相对照，身为女性的鲁小姐，比丈夫更早早看透这个社会的运行逻辑。讽刺的是，还做着红袖添香梦的蘧公孙，给家庭招来了灾祸，差点就是灭顶之灾。要不是马二先生仗义相助，蘧公孙一家就要坏了。

我在《儒林外史》世界里的女性身上看到了理性——传统上被视为是男性特质，而女性却普遍缺乏。晓蕾说了王三姑娘饿死殉夫的故事，不晓得你们注意到没有，王先生去看女儿时，女婿死后，女儿有一段话："父亲在上，我一个大姐姐死了丈夫，在家累着父亲养活；而今我又死了丈夫，难道又要父亲养活不成？父亲是寒士，也养活不来这许多女儿！"我不禁会想，如果王玉辉是个富有的家庭，三姑娘还会选择自杀吗？她固然受那一套节烈观念的影响，但真正的原因是看到父亲无力抚养两个丧夫的成年女儿。

明清时期徽州烈妇多达6万余人，这确实深受理学观念影响。但这背后也是理性的考量。家族中出过节妇，往往能给家族带来利益，受朝廷表彰会让这个家族的名声大增。而一般或较穷的家庭，即便女性自己愿意守寡，也未必能如愿，夫家子侄觊觎她的财产，往往会逼迫她改嫁。而对于朝廷来说，"贞节崇拜"，也即妻子对丈夫的性忠诚，与臣民对君主的绝对忠诚联系在一起。

"众人在明伦堂吃了酒，散了。"一个人的自杀，换来了一个牌坊，以及一场酒席。晓蕾说这一句话淡如水，却于无声处有惊雷，是大师笔法。我深为赞同。王玉辉在女儿死后，出门散心，在苏州，他看到几个妇女穿着鲜艳的衣服，在船上坐着吃酒，老夫子的心态马上显现，觉得苏州这风俗不好，妇人们不在家里好好待着，在外面游荡。这时候，大师笔法再次显现：

> 又看了一会，见船上一个少年穿白的妇人，他又想起女儿，心里哽咽，那热泪直滚出来。

此处真是追魂夺魄。接着去看老朋友，结果朋友已死，王玉辉足足哭了四场。这眼泪九成是为女儿流的吧。一个在观念中沉睡不醒的人，突然被触发，醒过来了，他本能的情感泄露了，人性开始闪烁。

说来杜少卿妻子杜娘子也是一个人物，她和丈夫牵手出游，对丈夫的种种败家行为也只是笑一笑，丝毫没有哀怨和不满。不过我总觉得她身上没有生气，还停留于一贤妻角色。

此次重读，倒是被王太太给逗乐了。她长得美，嫁了三次，作天作地，但活得真是生气勃勃，十分忠于自己的需求，活成了一个传奇人物，以至于说她故事的人，要吃几个烧饼，吃饱了才能讲得完。"这个堂客是娶不得的！若娶进门，就要一把天火！"鲍廷玺娶了之后，果然各种家宅不宁。成婚当日，"丫头一会出来要雨水煨茶与太太喝；一会出来叫拿炭烧着了进去与太太添着烧速香；一会出来到厨下叫厨子蒸点心、做汤拿进房来与太太吃。两个丫头，川流不息的在家前屋后的走，叫的太太一片声响"。总之就是各种享受、不亏待自己。

这样的女性形象，在文学史上其实并不多见。《金瓶梅》里李瓶儿、潘金莲、孟玉楼都是再嫁，李孟都是万分懂事，以夫为天，潘金莲尚有点儿作，也不过是寻求丈夫的独宠。王太太则完全是一种伊壁鸠鲁式的享乐主义。她很知道钱的重要性，在第二次婚姻中，丈夫死了，把金银珠宝藏在马桶里带出来，过着万分自在的小日子：

> 他每日睡到日中才起来，横草不拿，竖草不拈，每日要吃八分银子药。他又不吃大荤，头一日要鸭子，第二日要鱼，第三日要茭儿菜鲜笋做汤。闲着没事，还要橘饼、圆眼、莲米搭嘴。酒量又大，每晚要炸麻雀，盐水虾，吃三斤百花酒。

这绝对是个不俗的人物啊。与普遍活在奔忙、痛苦中的女性不同,她选择过得快乐开心,把全部的爱都倾注在自己身上。哪怕她的全部快乐都堆积于物质享受上。她身上这种近乎赤裸裸的兽性的享受,反而有一种率性质朴,散发出一种出乎意料的诗意。

名著果然是一种在不同时期会读出不同意味的存在。少年时期,我怎么也不会想到,有一天会把目光停在王太太身上。或许是我已经到了一个年纪——能在任何人身上找到合理性和诗意。你们说,这是一种悲哀,还是值得宽慰的自由与辽阔?

祝安好!

秋水上

2023 年 5 月 24 日

儒林第二·科举

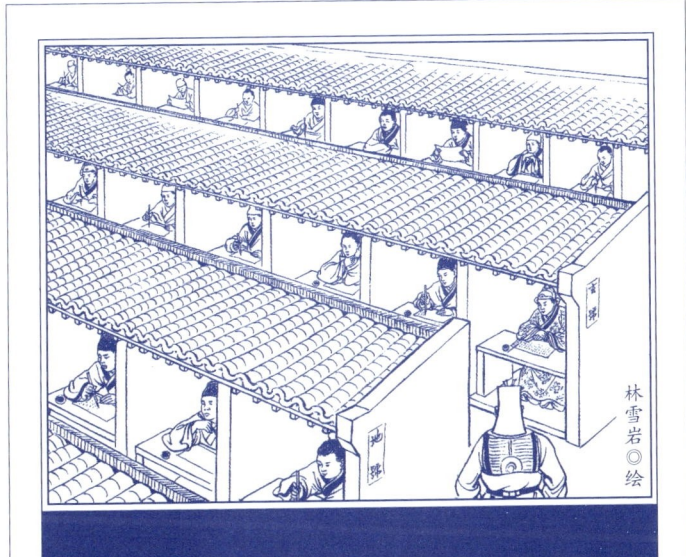

第4封信
未曾深夜痛哭过，不足以谈科举

杨早，秋水好：

这期咱们读《儒林外史》的主题是"科举"。本以为这个话题很容易谈，提起笔来却不知从何说起。不仅因为这个话题已经被说得够多了，也因为现代人同样面临类似处境，考编大军何其多呀。没代入感呢，会老生常谈；有代入感，往往身在局中看不彻底。倘若要我用一句话来说《儒林外史》里的"科举"，我会说：吴敬梓作为士人的一员，能对这个庞大的"考编"群体有入木三分的体察和刮骨疗伤的勇气，同时也不放过自己，真让人敬佩。

话说科举制度，从隋文帝创立到清光绪三十年（1904）最后一次考试，一共延续了1300多年。这一千年来数度改朝换代，科举制度却岿然不变，到明代八股取士形式更是已臻完熟，士人"学而优则仕"的道路也夯得越来越实。

不是没人认识到科举制度的流弊。但，如果不采用科举，选拔官吏还有更好的办法吗？汉代的察举制？魏晋的九品中正制？前者以德行取人，选拔权都落到了世家大族手里；后者以出身取人，于是出现了"上品无寒门，下品无势族"的局面，更加强了阶层固化，总之，都缺乏刚性、稳固的客观标准。八股文章就有了刚性的标准，考卷面前人人平等，成绩评定不会产生较大偏差。同时，科举也为底层读书人打通了持续的可靠的上升通道，增加了社会阶层的流动性（宋代进入"平民社会"，科举功不可没）。如果有谁提出取消科举，平民子弟第一个就不答应。

中国完备的科举制度还开启了书面考试和文官制度的先河，其影响甚至输出海外改变了世界。英国史学家汤因比就认为：英国的官吏制度就是从古代中国学来的。这么一看，科举制度的好处是不是还挺多的？

然而，越合理就越荒谬。科举过滤了个性、才华和不安分，留下整齐划一的忠诚的应试虫——把读书当成做官的工具，读书也读不好，做官也不怎么样。马克斯·韦伯认为现代社会精于计算的工具理性，造就了冷酷烦琐的官僚制度，追求效率的同时忽视了价值理性，把人化约为数字和工具，剥夺了个体存在的整体性。把手段当成目的，也是马克思所说的"异化"，而制度和文化都极其早熟的中国封建王朝，异化的历史就更悠久。

科举是士人的天堂，也是士人的梦魇，更是他们的普遍境遇。

吴敬梓也曾是科考大军里的一员。他曾祖父是探花，家族里有进士、举人等十四五人，《儒林外史》中说杜少卿杜家"一门三鼎甲，四代六尚书"，正来自吴敬梓家族"一门两鼎甲，三代六进士"，据说其祖父还写过类似科举指南的畅销书。他十八岁中秀才，少年得志，可是后来三次科考都以落第收场。我查到一段史料，是吴敬梓的族兄金两铭写的诗，其中有：

昨年夏五客滁水，酒后耳热语喃喃：文章大好人大怪，匍匐乞收遭虓虎；使者怜才破常格，同辈庆遇柱下聃；居停主人亦解事，举酒相贺倾宿盦。

二十九岁的吴敬梓到滁州参加乡试预备考试（类似现在的模拟考试），考官是安徽学使李凤翥。吴敬梓没少对时事世态发牢骚，种种闲话也就传到了主考官耳中，他担心对自己的科考不利，就去拜见了李凤翥，"匍匐乞收"该是当时的场景。李学使板起面孔训斥了他一顿，但面冷心不冷，说他"文章大好人大怪"，取了他第一名。不过接下来正式的乡试，换成了另一个考官，这次吴敬梓就没那么幸运了，他不仅落了榜，还得了一个"言行乖僻"的差评。

"匍匐乞收遭魑魅"，个中酸辛，难与人言；即使有人可以倾诉，然而正如《红楼梦》里贾母所说："世人打小就这样过来的。"你是很苦，你以为别人不苦吗？每一个为考编上岸失眠，为职称烦恼，为论文焦虑的现代人，多少也能从《儒林外史》里看到自己。

乾隆皇帝为了显示太平盛世，开设了博学鸿词科。安徽巡抚推荐了三十六岁的吴敬梓，但他在安庆参加了预考以后，"因病"没去京城参加廷试，算是中途退出了。有人说他是真病，有人说他是托病。既然杜少卿的原型就是吴敬梓，不妨看看书中怎么写——

> 杜少卿叫两个小厮搀扶着，做个十分有病的模样，路也走不全，出来拜谢知县，拜在地下，就不得起来。

这显然是装病啊。有人说，这个描写其实是吴敬梓对当年自己"匍匐乞收"场面的变形，而他"通过虚构，完成了对自己的救赎"。

没有深夜痛哭过的，不足以谈科举。拒绝了科举，迎来了自由，吴敬梓开始写《儒林外史》。因为心结已去，这本书写得心平气和，得以"沉静地观察人生，并观察人生的整体"（英国批评家马修·阿诺德语）。

拒绝科举不容易，不信看蒲松龄。作为一个科举的失败者，他不遗余力揭露科举考试的黑暗和不公，却深信制度是好的，只是被下面的小人们搞坏了。在《聊斋志异》里，人生的关键时刻往往靠科举化解，美丽的狐狸精们还特别善解人意，能帮落魄书生高中状元，这映射的是作者内心最隐秘的渴望——蒲老师一直是想考编上岸的啊。

在对科举的思考上，吴敬梓比蒲松龄走得更远，他压根不信是坏人捣乱，科举制度本身就很不公平，根本就不值得信任。

书里最先出场的周进已六十多岁了，依然是个童生①。他原本在乡下书馆里教书，后来被辞退，就跟着几个生意人以记账谋生。一日，路过省城贡院，看见两

---

① 童生：明清两代称未考或未考取秀才的读书人。

块号板摆得齐齐整整，他不禁悲从中来，一头撞在号板上——

> 只管伏着号板哭个不住；一号哭过，又哭到二号、三号；满地打滚，哭了又哭，哭的众人心里都凄惨起来……那里肯起来，哭了一阵，又是一阵，直哭到口里吐出鲜血来。众人七手八脚将他扛抬了出来，贡院前一个茶棚子里坐下，劝他吃了一碗茶，犹自索鼻涕，弹眼泪，伤心不止。

大家可怜周进，众筹给他捐了贡生参加考试，结果他运气爆棚，居然中了。还有另一个耳熟能详的范进中举的故事，就不复述了。通常认为，周进和范进是吴敬梓对热衷科举的读书人的辛辣讽刺。讽刺自然有，但吴敬梓不想停留于此，而是抵达了更深的层面，即读书人活得像只有一口气的木偶，科举已经摧毁了他们的尊严和灵魂。

还有，如果考官都是好人，是否能带来公平？过了关的读书人又是怎样一个群体？

且说周进一路中举，后来升了御史，被钦点为广东学道，摇身成了主考官。当主考官，改试卷是力气活，一个人改不过来，要雇专门看文章的相公。但周进想到当年的自己，转而一想：

>我在这里面吃苦久了,如今自己当权,须要把卷子都要细细看过,不可听着幕客,屈了真才。

他头一个看的就是范进的试卷。范进彼时已经五十四岁,"面黄肌瘦,花白胡须,头上戴一顶破毡帽"。考了二十多次都不成。周进再看自己"绯袍金带,何等辉煌",同情心油然而生,再加上范进交卷后长时间无人来交,他便有空用心看范进的试卷。范进的试卷,是初看不成样子,再看才有点意思,看了第三遍才看出是好文章,周进叹道:

>这样文字,连我看一两遍也不能解,直到三遍之后,才晓得是天地间之至文,真乃一字一珠!可见世上糊涂试官,不知屈煞了多少英才!

遂把范进点为第一名。其实这种情况是很偶然的,如果范进不是第一个交卷,如果第二个第三个考生紧接着来交……你看,即使像周进这样负责,范进的试卷也是在非常偶然的情形下被多看了几眼。这个场面虽然温馨,却也暴露了另一个问题:第二个交卷的是一个叫魏好古的,周进嫌他爱诗词歌赋,就点为第二十名(倒数第一)。满场考生也只交了两份卷子,第一名、第二十名就定下了，这是草率还是认真？就很难说了。

即使会写一手锦绣文章也未必能中。比如把举业当正经大事，孜孜编写八股教材的马二先生，不也没中举吗？高翰林一语道破其中玄机：

> "揣摩"二字，就是这举业的金针了。小弟乡试的那三篇拙作，没有一句话是杜撰，字字都是有来历的。所以才得侥幸。若是不知道揣摩，就是圣人也是不中的。那马先生讲了半生，讲的都是些不中的举业。他要晓得"揣摩"二字，如今也不知做到甚么官了！

"揣摩"，就是揣摩"风气"和考官偏好。马二先生深信"任他风气变，理法总是不变，所以本朝洪、永是一变，成、宏又是一变。细看来，理法总是一般"。他认死理，相信文章自有恒常之理，不知道随着时代喜好"变"。就好比，当时流行余秋雨式的大文化抒情散文，你偏要讲克制讲逻辑，这哪能中呢？

那"变"是不是就把握了科举的精髓呢？当然不是。《儒林外史》开场就说"功名富贵无凭据"，迟衡山也认为"可见这举业二字原是个无凭的"。中举根本没啥秘籍和规律，就一个字：命；两个字：偶然。把性命系于无常,人生岂不加倍荒诞?

再看那些中了举的。周进选拔的"真才"范进,除了会写几篇八股没啥才能。他后来当了山东学道,周进委托他在山东提拔一个学生,他用心查卷子,却没找到。一次有人讲了个苏东坡的笑话,范进愁着眉道:

> 苏轼既文章不好,查不着也罢了,这荀玫是老师要提拔的人,查不着,不好意思的。

堂堂一个进士怎会不知苏东坡?所以很多人都认为这一定是讽刺范进。但《儒林外史》是一本很克制的书,极少夸张渲染,我们觉得这事太离谱,未必就不是真的。类似情况在书中并非孤例,比如马二先生不知道李清照是什么人;举人出身做过一任知县的张静斋,竟一口咬定刘基"是洪武三年开科的进士",一旁的汤知县也信以为真。

科举不考苏轼的文章,应试者自然就不知道,知识者的无知就是这样被制造出来的。读书人一心钻研八股,知识谱系仅限于教科书,活得越来越工具化、空心化。

周进和范进都生活在明成化末年。《儒林外史》把故事的开端定在这个时间,是有讲究的,因为正是在成化二十三年(1487),八股文正式成为科举考试的标准文体。

第一回王冕对秦老汉道:"这个法却定的不好!将来读书人既有此一条荣身之路,把那文行出处都看得轻了。"这也是吴敬梓的态度:从此读书人只需习得些功令辞藻,生吞活剥,不需要用心钻研先贤的文章学问。于是,考中的人未必有真才学,有真才学的却往往得不到功名,所以迟衡山说:"讲学问的只讲学问,不必问功名;讲功名的只讲功名,不必问学问。若是两样都要讲,弄到后来,一样也做不成。"

八股取士,不仅形式拘泥于八股——所谓破题、承题、起讲、入题……严格限制格式和字数,而且试题范围只局限于"四书""五经",教科书也只有朱熹的《四书章句集注》,久而久之,圣人的话就成了空洞的套话、虚话,成了词藻。高翰林就讥笑杜少卿:

> 逐日讲那些"敦孝弟,劝农桑"的呆话。这些话是教养题目文章里的词藻,他竟拿着当了真,惹的上司不喜欢,把个官弄掉了。

吴敬梓是真儒,对他而言,科举的原罪正在于其背离了儒学的本来面目,背弃了圣贤的真理。

《儒林外史》写了形形色色的读书人,在功名富贵

面前垂首帖耳，之所以是"外史"，是因为这些人已经跟儒家理想的士人渐行渐远。孔子对"士"的理想化期待，早就落了空，或者说，从来就没有成为过现实（历史上的真儒有几个？）。一来儒家对人性有过高的期待，其理想也都基于人性善的预设，缺乏对人性"幽暗意识"的认识；二来其修身治国平天下的政治抱负，终究要依靠皇权来实现。但除了宋代有短暂的士大夫与皇帝"共治天下"，天下到底是皇帝的"私产"，不自我阉割坚持所谓"道统"，不仅得不到权力的信任，连命都可能不保，"共治"注定是空中楼阁。到了明清两代，朱元璋连宰相都不要了，皇权进一步强化，"货与帝王家"要看买家的脸色，买家市场上卖家根本没资格讨价还价，士人的生存和思想空间更加窄迫。

一手大棒，一手胡萝卜，天下定矣，所以唐太宗得意地笑："天下英雄入吾彀中矣。"

电影《肖申克的救赎》中有这样一句话："这些墙很有趣。刚入狱的时候，你痛恨周围的高墙；慢慢地，你习惯了生活在其中；最终你会发现自己不得不依靠它而生存。这就叫体制化。"认同科举其实就是自觉体制化。这是一个从痛恨到习惯到依存的过程，借用王小波的话，也是"一个缓慢受锤"的过程。

把个体推向科考之路的力量，来自四面八方，吴敬梓认为其中最大的诱惑就是"功名富贵"。

还是周进,他在薛家集当坐馆先生,先是被乡民看不起,又来了一个秀才梅玖,他故意说笑话:"呆,秀才,吃长斋,胡须满腮,经书不揭开,纸笔自己安排,明年不请我自来。"说完又掩口笑,说我不是在说你啊,你周进虽然也吃长斋胡须满腮,但你不是秀才呀。还夸耀说自己中秀才前做了一个梦:"天上的日头,不差不错,端端正正掉了下来,压在我头上。"后来又来了一个叫王惠的举人,派头更足口气更大:"比如他进过学,就有日头落在他头上,像我这发过的,不该连天都掉下来,是俺顶着的了?"吃饭时,王举人是酒饭,"鸡、鱼、鸭、肉,堆满春台",周进只有米饭和"一碟老菜叶,一壶热水"。王惠走后,"撒了一地的鸡骨头、鸭翅膀、鱼刺、瓜子壳,周进昏头昏脑,扫了一早晨"。

可一旦中了举,先前斜眼看周进的梅玖,便谎称自己是其门生;辞退他的薛家集观音庵里,为他立起了长生牌:"赐进士出身,广东提学御史,今升国子监司业周大老爷长生禄位。"范进中举后其老丈人胡屠夫的前倨后恭,自然是人间喜剧。紧接着张静斋就带着大红全贴来拜访,送房子送银子——

  有送田产的,有人送店房的,还有那些破落户,

两口子来投身为仆图荫庇的。到两三个月，范进家奴仆、丫鬟都有了，钱、米是不消说了……老太太起来吃过点心，走到第三进房子内，见范进的娘子胡氏，家常戴着银丝鬏髻——此时是十月中旬，天气尚暖——穿着天青缎套，官绿的缎裙，督率着家人、媳妇、丫鬟，洗碗盏杯箸。老太太看了，说道："你们嫂嫂、姑娘们要仔细些，这都是别人家的东西，不要弄坏了。"家人媳妇道："老太太，那里是别人的，都是你老人家的。"老太太笑道："我家怎的有这些东西？"丫鬟和媳妇一齐都说道："怎么不是？岂但这个东西是，连我们这些人和这房子都是你老太太家的。"老太太听了，把细磁碗盏和银镶的杯盘逐件看了一遍，哈哈大笑道："这都是我的了！"大笑一声，往后便跌倒。忽然痰涌上来，不省人事。

中了举，就等于快速实现阶层跃迁。就连中了秀才，也高人一等，有了话语权，还可以免除税赋和徭役，见知县也不用下跪。比如书中的严贡生捐了一个贡生，就把弟弟严监生给压得死死的，后者死后，他还凭着族长和贡生的双料身份，侵吞了其七分家产……就连世家大族也督促子弟参加科举，不为别的，为的就是这种特权。

这样的诱惑的确会让灵魂变轻。吴敬梓写为科举疯魔的人，一定看到了过去的自己，读这些人的故事，很难让人有冷眼旁观唯我独醒的道德优越感。《金瓶梅》的作者认为"酒色财气"是人性的弱点，一般人呢，看不破，但"看得破时忍不过"，终究还是过不了关。而《儒林外史》"以功名富贵为一篇之骨"，"世人一见了功名，便舍着性命去求他，及至到手之后，味同嚼蜡。自古及今，那一个是看得破的！"读书人也是人，心思欲望一个也不少，又加上读了点书，多了功名之求，就更苦了。

卧闲草堂刻本有这样一句评语："慎毋读《儒林外史》，读竟乃觉日用酬酢之间无往而非《儒林外史》。"有人也从书中的匡超人发现了身边的匡超人。清末一个叫张文虎的，喜读《儒林外史》，"好坐茶寮，人或疑之，曰：吾温《儒林外史》也"。两百年后钱锺书写了一部《围城》，矛头直指知识群体，讽刺得更尖刻机巧。但我觉得，钱先生跟上面那几位一样，光顾着看别人了，却悄悄放过了自己。

鲁迅先生就看出了《儒林外史》的成色："作者的手段何尝在罗贯中下，然而留学生漫天塞地以来，这部书就好像不永久，也不伟大了。伟大也要有人懂。"

期待回信，祝安好。

晓蕾
2023年6月12日

第5封信
科举=高考+考编？

晓蕾、秋水：

咱们第二封信的主题是"科考"。最近担任了某某全国性中学生作文大赛的评委，连续几天不断地阅卷评卷，到后来看什么字都是一堆蚂蚁。同评的有不少人每年会参加高考语文阅卷，他们说：这算什么，高考阅卷的强度比这要大多了！

这种时候就想起匡超人了。他首次批科考文章，便能"不住手的批，就批出五十篇。听听那樵楼上，才交四鼓……次早起来，又批。一日搭半夜，总批得七八十篇"，"屈指六日之内，把三百多篇文章都批完了",这速度这激情,让书店主人惊叹不已,道是:"向日马二先生在家兄文海楼,三百篇文章要批两个月,催着还要发怒。不想先生批的恁快!我拿给人看,说又快又细,这是极好的了。先生住着,将来各书坊里都要来请先生,生意多哩!"

这个细节我以前看,不是太理解,你说是匡超人敷衍吗?书店倒还夸他。那是匡超人天赋奇才?似乎也不到这种地步。一起改卷的某位老师说了一件事,说他们做过实验,同一批高考试卷,两拨儿老师改。一拨老师严格按照改卷要求,分为主题、立意、内容、文笔等项,细细打分,最后合计;另一拨老师只是通观作文,凭印象给一个分数。实验结果,两种方式得出的分数相差无几,但耗用时间差异甚大。

所以你们看,科考这个事情就很奇怪。按说"文章本天成,妙于偶得之",不同人写的作文本来不能以一种标准来衡量,但考试的目标就是要择选人才,所以必须设立人为的标准。问题是"文无定法",此人之肉彼人之毒的现象多的是。旧时科考有谚语道:"不求文章中天下,只求文章中试官。"于是历来作文考评制度的设计,主要用来防备阅卷人的主观认定。以清代为例,科举各级考试的试卷,先分送给各阅卷人员进行评阅。阅卷人员拿到哪份试卷,是在主考官、同考官(副

主考）的监督之下抽签分配。阅卷人员将初阅后中意的卷子推荐给同考官，这类试卷叫"荐卷"。同考官中意哪份荐卷，会在卷上批一个"取"字。这些卷子会被送给主考官，如果主考官也中意，则会在试卷上批一个"中"字。如果这名考生最后取中，则同考官称为该生的"房师"，主考官则称为"座师"。像清末最后一科状元刘春霖，1904年参加甲辰恩科会试，他的"房师"是我的高祖杨苾。

到了殿试，设大学士二人、部院大臣六人为读卷官［乾隆二十五年（1760）以后］。殿试次日，收掌官从箱内取出试卷，按官阶高低分布于读卷官面前，每人三四十卷，卷背粘签，上书读卷官姓氏，不书名。读卷官阅后，按五等标示试卷，即：圈、尖、点、直、叉。读卷官注明标识后，再轮阅其他读卷官阅过之卷，称为"转桌"。每个读卷官将所有试卷轮阅完后，即送首席读卷官总核。之后是综合评议，个人皆可发言。得圈多的试卷必列前位。

尽管有那么多的防范性设计，但考试就是考试，考试是一种竞争性的制度，而考试制度是不可能完全明晰的——我认为这里存在着悖论。科举的设计者显然并不是希望它只是测验考生们的记诵能力与知识储备；他们希望考生发挥出自己的创造性。唐朝科举有明经科与进士科。前者就是以记诵默写为主，后者则要求诗赋文章。当时有句话叫"三十老明经，五十少进士"，进士更难更耗人，但选官任人时，明显进士科出身更占便宜，而且最后将明经科挤出了科举世界。但是，为了公平地选拔各阶层人才，科举又必须降低门槛，制定严苛的标准与程式（比如八股）。《儒林外史》第一回，大明初立，礼部议定取士之法：三年一科，用"五经"、"四书"、八股文。其实礼部取士之法的用意，就在于将考生挤到一条独木桥上去：阅读与引用范围不得超出四书五经，写作程式必须遵照八股文。我其实很赞同吕思勉在《中国通史》里的说法，他说科举考试当然是无用的，制定者也知道无用，但科考的用意是在筛选聪明人，在如此严苛的规则中仍能赢得考试的，都是聪明人，再来为官治民，不难习得。这也是事实，虽然科举出身的士人经常被嘲笑为不通世务、学问空疏，像范进连苏轼都不知道。但历代一批批科举出身的官员确实也维持了千余年的帝国运转，其中的逻辑与道理，还须细细思量。

关于科举，我们有太多的刻板印象。像晓蕾信中所说："堂堂一个进士怎会不知苏东坡？……比如马二先生不知道李清照是什么人；举人出身做过一任知县的张静斋，竟一口咬定刘基'是洪武三年开科的进士'，一旁的汤知县也信以为真。……这样的无知看来是普遍的。读书人一心钻研八股，知识谱系仅限于教科书，活得越来越工具化、空心化。"老实说，十几年前我读《儒林外史》，跟晓蕾的想法是一样的，估计也是大多数现代人对于科举的想法。

问题是，如果将科举等同于"高考+考编"，你会发现，范进不知道苏东坡，马二不知道李清照，张静斋汤知县不知道刘伯温，一点都不稀奇。这几位是讲举业的，而举业根本不需要他们知道这些个古人呀！——这可能是关于科举与八股，最为人所误解的一点。科举采用八股之后，对考生的要求不仅仅在格式上，更重要的是"入口气"，什么意思？就是每个考生都要"代圣人立言"，谁是圣人？周公是，孔子是，《学》《庸》《论》《孟》，最年轻的也是孟子。换句话说，这是要求你模仿孔孟的语气说话——那，孔子、孟子知道苏轼、李清照、刘伯温吗？

——为什么要行这种制度？推想起来，一是意识形态固化的需求（乾隆时才成为完规，之前没那么严格），二也是为了降低科举的门槛，既然规定了"四书""五经"与朱批作为考试的内容范围，别的书籍都是超纲，这有利于偏僻的、底层的、没有太多参考书与家学的考生。

所以，要科举应试的少年郎不知道战国之后的古人古文，不但不是一种耻辱，反而是一种优等生的表现。因为你一知道，就少不得在文章里露出蛛丝马迹，比如那位百无一用的蘧公孙，老丈人鲁编修考他时文，结果他勉强成篇，"都是些诗词上的话，又有两句像《离骚》，又有两句'子书'"，这在熟谙科举规范的鲁编修看来，"不是正经文字"，所以"心里也闷，说不出来"。这是非常典型的一种理念冲突。蘧公孙肯定是知道苏东坡的（他父亲就是讲苏轼笑话让范学台丢脸的人），但在鲁家父女看来，"自古及今，几曾看见不会中进士的人可以叫做个名士的？"这一点，反而是蘧公孙的好朋友、选文名家马二先生看得清楚："大约文章既不可带注疏气，尤不可带词赋气。带注疏气不过失之于少文采，带词赋气便有碍于圣贤口气，所以词赋气尤在所忌。""有碍圣贤口气"便是不能"代圣人立言"，这在科举考试里是大忌。"代圣人言，不得用汉后书、汉后事，以为孔、孟周人也，安得知汉后事？"（徐勤《中国除害议》）1898年戊戌变法前，康有为有一篇《请废八股折试帖楷法试士改用策论折》，里面说得最清楚：

> 惟垂为科举，立法过严，以为代圣立言，体裁

宜正，不能旁称诸子而杂其说，不能述引后世而谬其时；故非三代之书不得读，非诸经之说不得览。于是汉后群书，禁不得用，乃至先秦诸子，戒不得观。其博学方闻之士，文章尔雅，援引今故，间征子纬，旁及异域，则以为犯功令而黜落之。……但八股清通，楷法圆美，即可为巍科进士、翰苑清才，而竟有不知司马迁、范仲淹为何代人，汉祖、唐宗为何朝帝者。若问以亚非之舆地，欧美之政学，张口瞪目，不知何语矣。既流为笑语，复秉文衡，则其展转引收，为若何才俊乎？

康有为的时代，西方已经撞开了中国的大门，所以光是"八股清通，楷法圆美"实在济不得事。但在吴敬梓的时代，考试的目标并非选拔有学问有道德的人，而是要给官僚体系增添新血液而已。那什么人合格？当然是跟现任这些人气味相投，水平相若，上行下效，唯唯诺诺之辈，最是合用。晓蕾说的"知识谱系仅限于教科书，活得越来越工具化、空心化"，正是科举选才的目标呀！子曰："求仁得仁，又何怨？"

《红楼梦》对这种考试制度，当然亦有批判，其辞出于混世魔王贾宝玉，道是"更可笑的是八股文章，拿他诓功名混饭吃也罢了，还要说代圣贤立言"。而宝玉说"目下老爷口口声声叫我学这个",见于上一回,贾政道:"我可嘱咐你:自今日起,再不许做诗、做对的了,单要习学八股文章。"当然,贾氏父子的议论出自八十一回、八十二回,是不是曹公之笔可以存疑,然而,杂学博览,必然有害于科举,这是当时人的共识。模范生薛宝钗怎生对黛玉小妹妹说的?"我们家也算是个读书人家,祖父手里也极爱藏书。先时人口多,姐妹弟兄也在一处,都怕看正经书。弟兄们也有爱诗的,也有爱词的,诸如这些《西厢》《琵琶》以及《元人百种》,无所不有。他们背着我们偷看,我们也背着他们偷看。后来大人知道了,打的打,骂的骂,烧的烧,丢开了。所以咱们女孩儿家,不认字的倒好。男人们读书不明理,尚且不如不读书的好,何况你我?……最怕见些杂书,移了性情,就不可救了。"宝姐姐简直就是鲁小姐的嘴替,这段话,应该由鲁小姐说给蘧公孙听,只是,鲁小姐从小"五六岁上请先生开蒙,就读的是《四书》《五经》,十一二岁就讲书、读文章",倒也说不出宝钗这种过来人语。

《儒林外史》第一回王冕嫌弃八股文,是因为"将来读书人既有此一条荣身之路,把那文行出处都看得轻了",可是中国选才从门阀察举一路走来,又有哪一条荣身之路能让人看重"文行出处"呢?说来说去,还是

第四十九回迟衡山的话中肯:"这都是一偏的话。依小弟看来:讲学问的只讲学问,不必问功名;讲功名的只讲功名,不必问学问。若是两样都要讲,弄到后来,一样也做不成。"

说完对科举最大的误解,掉过头来,我想说说对《儒林外史》最大的误解。大多数人给《儒林外史》贴的标签是一部骂科举的书。其实不然,早就有人指出,若论批评科举的激烈程度,吴敬梓较之同代前后的袁枚、龚自珍远有不及,甚至比不上宝二爷的一番歪理。

我读来读去,觉得《儒林外史》最用力、最有价值的地方,是它书写了科举世界里的诸般人伦,有夫妻,有父子,有师徒,有朋友兄弟,说得更简单一点,就是当伦理法则碰上科举制度,会撞出什么样的可惊可笑的火花。目前学界认同讨论《儒林外史》最精准到位的著作,当是商伟《礼与十八世纪的文化转折》,其序言里有一段说得极好:

> 在我们今天公认的六部古典小说中,没有哪一部比《儒林外史》更深地介入了当时思想界和知识界的讨论,尤其是方兴未艾的儒家礼仪主义和经典研究。而除去《红楼梦》之外,也没有任何其它的作品能够在思想洞见的深刻性上望其项背,更遑论

媲美了。这固然是由于这部小说直接以当下的儒林生活为对象,但也不尽然。《儒林外史》的生命力不仅在于它以敏锐的观察和细腻的反讽笔法展现了士林的众生百相,世态炎凉,而且在于它触及了儒家精英社会的一些核心问题及其深刻困境。十八世纪的思想文化领域中发生了一系列根本性的转变,这些转变直接或间接地导致了儒林世界秩序的最终解体。《儒林外史》既是这些历史性转变的产物,也构成了对它们的回应。这正是《儒林外史》的意义所在,可以用来解释它在中国思想史、文化史和文学史上难以取代的重要地位。(三联版,第2页)

我很佩服商伟论述的高度与深度,但又不满于他这样论述,有点将《儒林外史》拉远了——毕竟它不是一部思想史著作,《儒林外史》打动我的,永远是那些让人发噱的细节,清冷又促狭的笔调,还有作者竭力掩藏又不得不流露的温情与悔意。有时我甚至会想,如果我也生于当时,识得曹雪芹与吴敬梓,大约我会很佩服曹雪芹的"奇谈娓娓然",但总听他像白头宫女似的叙说大家旧事,很难"终日不倦",吴敬梓可能更合我胃口些,知识分子要面子讲大义又各种舍不得的嘴脸,不正是我们平日酒席上最好的谈资吗?严监生的两根手指头，比宝玉送黛玉的四张旧手帕，让我开心多了。我不是说《红楼梦》不如《儒林外史》，但是与曹雪芹北京西山脚下的"举家食粥酒常赊"比起来，我更愿意跟吴敬梓一道在冬天围着金陵石头城转圈圈——这一举动称为"暖足"，其实是要摆脱无钱买炭烤火的窘境。

我那天在密云不是问你们，这两位的成长环境对作品有什么影响吗？晓蕾当时答说吴敬梓一直在南方，可能作品里更有"水汽"，我突然想到沈从文和汪曾祺，想到"仁者乐山，智者乐水"，真的，我就是更喜欢水一些，喜欢相对透明的人际关系，就算是自私，也是光明正大的自私。当时你俩又问我喜欢《儒林外史》里的谁，当时我答了王冕，其实王冕可敬但未必可亲（见到这种人我就会活在自惭形秽中），最让人放松的当然是臧蓼斋，跟晓蕾看得上的应伯爵有神似啊：

　　杜少卿醉了，问道："臧三哥，我且问你，你定要这廪生做甚么？"臧蓼斋道："你那里知道！廪生，一来中的多，中了就做官。就是不中，十几年贡了，朝廷试过，就是去做知县、推官，穿螺蛳结底的靴，坐堂、洒签、打人。像你这样大老官来打秋风，把你关在一间房里，给你一个月豆腐吃，蒸死了你！"杜少卿笑道："你这匪类，下流无耻极矣!"

把求名逐利说得那么直白有趣,臧蓼斋不是个有趣的下流无耻的"匪类"吗?年轻时我们就是喜欢把"遇人不淑,误交匪类"八个字挂在嘴边呀!

所以,还是日常生活好,就算科举世界卷到不行,就算科考竞争搅得伦理生活支离破碎,我们还是有不羞贱业的市井高士,有嘻怒笑骂的酒肉朋友,有打破次元壁相交半生的向鼎与鲍文卿。曹雪芹与吴敬梓两位大才,生平事迹多赖朋友诗文以传,不管从什么角度考虑,多交些朋友,少些算计,总是提高生活质量的好办法。你们讲对伐?

祝夏安!

杨早

2023年6月12日

第 6 封信
为何只能走这道窄门?

晓蕾、杨早：

关于科举，你俩已经表述得十分丰富且到位。《儒林外史》第一回《说楔子敷陈大义　借名流隐括全文》，其实已从王冕的视角，对明初取士之法——"三年一科，用'五经''四书'，八股文"，做出了终极评定："这个法却定的不好！将来读书人既有此一条荣身之路，把那文行出处都看得轻了。"也就是说，八股取士势必会造成读书人的内在紧张和精神上的整体败坏。

我这几天一直在想，还可以从哪个角度切入，方能清奇不俗？忽想到有两人，堪为《儒林外史》科举路上种种情由现身说法。

第十五回，好人马二先生刚从一场未遂的骗局中脱身，就遇到了流落在省城测字为生的青年匡超人。马二先生看他戴顶破帽，穿一件单布衣服，甚是褴褛，手里却拿着一本书看，正是自己所选的时文。穷人家的孩子，读过书，家贫无以为继，偏偏手不释卷，读的还是自己选的书，这样还能不被打动的话，那就不是马二先生了。他竟然就白送了十两银子，让匡超人得以返乡，回去做些生意，奉养父母，又送他一件旧棉袄，一双鞋，还谆谆劝告，说出一番剖心剖腹的话来：

> 你如今回去奉事父母，总以文章举业为主。人生世上，除了这事，就没有第二件可以出头。不要说算命、拆字是下等，就是教馆、作幕，都不是个了局。只是有本事进了学，中了举人、进士，即刻就荣宗耀祖。这就是《孝经》上所说的"显亲扬名"，才是大孝，自身也不得受苦。

这是马二先生奉为圭臬的人生信条。他自己在科举这条路上一直未能更进一步，到头来，最高功名只是优贡。迟衡山将原因归结于运气："上年他来敝地，小弟看他着实在举业上讲究的，不想这些年还是个秀才出身，可见这举业二字原是个无凭的。"马二先生一生痴迷举业，在上面投注了大半生的精力与情感，他的学问人品，又比周进范进之流要好上不少。这种反差让这个人物身上有一种悲剧感。我们从所谓唯物主义历史观的角度，很容易批判马二先生这个人，比如受科举荼毒的读书人之类，但这个人又是整部书里最温暖的一个人物。他对于他人，尤其是读书人，有一种几乎是菩萨般的慷慨。他为了让蘧公孙避免一场灭家横祸，毫不犹豫地拿出自己的全部身家——他呕心沥血编写教辅材料得来的九十二两银子，并且没有要对方还的意思。而出身世家的蘧公孙也竟然完全不提，送别的时候，只是封了二两银子，备了些熏肉小菜。匡超人也只是想借一两银子返乡，马二先生却替他考虑周全，直接给了十两。他把读书做官奉为至高的价值观，却又纯然不受连带的腐蚀。这点和鲁小姐颇接近。这两人，都是在灵魂深处被八股举业浸染的人，但在为人处世上偏偏又是第一流的人物。这是我觉得很有意思的地方。

可以与马二先生对照的是匡超人。他的故事长度，在《儒林外史》里仅次于杜少卿。他初次出场，正是第十五回，借马二先生带出来。在马二眼中，他少年英敏，是一个孝顺上进的好青年。回老家后，匡超人是一派孝子行径，和他的兄长形成一种对照。此处高潮是村中失火，累及匡家，匡大首先抢的是上集的担子，也就是他谋生的物资，而匡超人把父母和嫂子都救了出来，说道："好了！父母都救出来了！"此时，他真是一个孝顺父母关心家人的好青年形象。接下来就是一段意味深长的文字。房子不能住，匡超人托潘保正在庵旁大路口替他租了半间房屋。

> 匡超人虽是忧愁，读书却还不歇。那日，读到二更多天，正读得高兴，忽听窗外锣响，许多火把簇拥着一乘官轿过去，后面马蹄一片声音。自然是本县知县过，他也不曾住声。由着他过去了。

这又是一段追魂夺魄的文字。至此，匡超人这个青年的表演型人格乍现，作者写得何等深巧！一个读书人，偏要在大路口租了房子，读书读到很晚。他要显扬声名的意图暴露无遗。最后一句隐隐透露出他对路过官员的高度关注。这让人不由怀疑，他的孝子形象有多少是发自内心的爱，又有多少是表演塑造？甚至推测到更早，他和马二先生的偶遇，也是他刻意接近的结果。我们当记得就在同时，马二先生被洪憨仙拉入那个骗局，也是洪憨仙听到他的名字，知晓他的来历，便顺手拉来壮势而已。

很多人把匡超人的"堕落"归因于马二先生的功名启蒙，他那套科举经腐蚀了纯洁青年的灵魂。匡超人的故事，看上去是一个世界性的文学母题——一个小地方的青年来到了大世界，被腐蚀，然后堕落，丧失初心的故事。我觉得这是高看了马二的感染力。他那番话至多不过是进一步点燃了匡超人的雄心。你俩都谈到了八股举业对整个社会生活广泛而深刻的支配。离开家乡来到省城的匡超人，开了眼界，他看到了比乐清乡下更广大的世界，在这个世界中，功名是全社会认同的最高准则。看似是举业反面的名士，本质上也是举业的延伸。聪敏的匡超人观察着社会场域的各种细节，洞察到这个社会运行的逻辑。他凭着聪明才智，很快举一反三，游走于各种场域而无不如鱼得水。或者说早在家乡，这个青年就显现出他的雄心。当他从杭州回家后，他母亲讲述的那个梦境透露出他之前的状态。母亲担忧离家的儿子，梦到他头戴乌纱，说做了官——

  我笑着说："我一个庄农人家那有官做？"旁一个人道："这官不是你儿子。你儿子却也做了官，却是今生再也不到你跟前来了。"我又哭起来，说："若做了官，就不得见面，这官就不做他也罢！"就把这句话哭着，吆喝醒了，把你爹也吓醒了。你爹问我，我一五一十把这梦告诉你爹，你爹说我心想痴了。不想就在这半夜，你爹就得了病，半边身子动不得，而今睡在房里。

由此推断，在这个举业所控制运行的社会里，匡超人早就沉迷于此道。只不过在大柳庄，他没有多少发挥的余地，兼之他父亲匡太公是个颇明智的老人，他行事受限。当他借着孝子的名望，为功名富贵开路之后，此前的种种表演有了回报。后来由于知县出了事，他再度到杭州避祸，就彻底放飞了自己。先是混名士江湖，一天两夜的工夫就学会了作诗，一个晚上就能替书商点评七八十篇时文。不过，聪明的匡超人很快就看透了名士前途堪忧，此时恰好家乡潘保正介绍给他的堂弟潘三找上门来。潘三此人，算是一个社会意义上的恶人，对匡超人却是非常"仗义"，他教匡超人赌博，伪造文书，甚至去异地代人替考。至此，匡超人把举业的工具化性质演绎得入木三分。

匡超人的堕落，是《儒林外史》中讲得最深刻的故事之一。他对帮助过他的人，毫无感激之情。在公共场合，他毫不留情地攻击马二先生选文不行。知县李本瑛和潘三，都是于他有大恩的人，当他们出事时，他或遁走不顾，或拒绝再见；当李大人招他进京，并想招他做女婿时，他毫不迟疑丢弃发妻，令那个可怜的女子在乡下吐血早亡。他学会了撒谎吹牛，甚至说出五省读书人供奉"先儒匡子之神位"这样可笑露怯的话来。也就是说，匡超人沦为了一个漂亮恶棍。这个人物竟然由此具有了一种奇异的美感。

再没有比匡超人更能衬映出科举制度塞壬女妖般的力量。虽然马二先生崇拜举业到令人厌烦的程度，但他的灵魂却并没有被沾染。他只是相信这是世间最好的路，并由此把举业神圣化。马二先生始终践行着这一"真理"，他周围的世界是实在的，他人性的底色仍然是善。匡超人的周围却是一片空虚。一个能把自己工具化的人，是真正的狠人。

科举制作为一种选拔制度，自有其优劣。出身寒微的人，有一天会成为人前显贵；在一个等级社会，功名成为划分等级最重要的标准。这种开放的阶层跃升，对普通人的吸引力任何时候都毋庸置疑。我们笑范进中举欢喜疯了，其实范进和选中他的周进，都是极少数幸运者。对于大部分读书人来说，功名终究不会来，蹭蹬于科场的漫漫岁月，分明就是"举业笼囚"。清人有云："今科失而来科可得，一科复一科，转瞬而其人已老。"清代江南人沈锡田写过一首《陌上桑·下第词》：

传来一纸魂销,顷刻秋风过了,旧侣新俦,半属兰堂莲岛。升沈异数如斯也,漫诩凌云才藻。忆挑灯,昨夜并头蕊,赚人多少。愧刘蕡策短,江淹才退,五度青衫泪。绕桂魄年年,只恐嫦娥渐老。清歌一曲,凭谁诉,惹得高堂烦恼。梦初回,窗外芭蕉夜雨,声声到晓。

这种惆怅和凄凉,不只是落第时的心境,也是漫长岁月里的常态。六十多岁的周进,在薛家集当塾师。"头戴一顶旧毡帽,身穿元色绸旧直裰,那右边袖子同后边坐处都破了,脚下一双旧大红绸鞋,黑瘦面皮,花白胡子",真真寒酸可怜。他住的观音庵,有一日来了位王举人。吃晚饭时,举人鸡鱼鸭肉,周进则是一碟老菜叶,一壶热水。次日,"撒了一地的鸡骨头,鸭翅膀,鱼刺,瓜子壳,周进昏头昏脑,扫了一早晨"。

小说里,处处是这种对照,对举业的追逐也便有了强大的社会合理性。作为选拔人才的制度,科举是一种具有很大优越性的文官选拔制度;但作为一种观念,它是一种裹挟全社会的全民大合唱,在人们的心中自行运作,远远超出了一种制度的内涵。简单的肯定或否定,都是对这种水银泻地式力量的轻忽。

仍以匡超人为例,他以乐清县第一名入泮(考中秀

才），他哥见他中了个相公，比从前更加亲热些；从前拒绝他借住的和尚也来奉承；知县和他分庭抗礼。人人自动换一种脸色。这种最寻常平庸的东西，是最强大的形塑力量。匡超人跟着景兰江一干人等混，说起胡三公子的闲话，景兰江道：

> 冢宰么？是过去的事了！他眼下又没人在朝，自己不过是个诸生。俗语说得好："死知府不如一个活老鼠。"那个理他？而今人情是势利的！倒是我这雪斋先生诗名大，府、司、院、道，现任的官员，那一个不来拜他。人只看见他大门口，今日是一把黄伞的轿子来，明日又是七八个红黑帽子吆喝了来，那蓝伞的官不算，就不由的不怕。

更不必说范进中举后，一贯对他凶狠的岳父胡屠夫，也毕恭毕敬起来，张乡绅也来攀关系，"贵房师高要县汤公，就是先祖的门生，我和你是亲切的世弟兄"，还要赠房赠银，"年谊世好，就如至亲骨肉一般"。还有许多人来奉承他："有送田产的，有送店房的，还有那些破落户，两口子来投身为仆，图荫庇的。"科举成功后所带来的巨大回报，让人如何不去追逐？

顺治九年（1652），清世祖在各地学宫所立的《卧碑文》序言中说："朝廷建立学校，……全要养成贤才，以供朝廷之用，诸生皆当上报国恩，下立人品。"明清学校、科举和吏制三位一体，去追求科举之外的东西，既不合算，又有危险。于是，整个社会高度窄化，读书做官成为一种最高价值标准，对人们产生了不可思议的影响力。

我在上封信中，也提出一个疑惑：真正的问题在于，为何社会只提供这么一条选拔的路？人们为何只能走这道窄门？小说最后，作者吴敬梓给出了一个微茫的希望。四大市井奇人，跳出了这个运行逻辑，他们不和"学校中的朋友"结交。裁缝荆元如是说：

> 我也不是要做雅人。也只为性情相近，故此时常学学。至于我们这个贱行，是祖父遗留下来的，难道读书识字，做了裁缝就玷污了不成？况且那些学校中的朋友，他们另有一番见识，怎肯和我们相与！而今每日寻得六七分银子，吃饱了饭，要弹琴，要写字，诸事都由得我。又不贪图人的富贵，又不伺候人的颜色，天不收，地不管，倒不快活？

四位靠经商和手工业为生的奇人，他们不依赖于文官体系而生存，有点"为艺术而艺术"的味道，既解决了生存问题，又拥有了一定程度的自由，心灵上，也跳出了科举的牢笼。为什么要说这是微茫的希望呢？因为朋友们听了荆元的这番话，也就不和他亲近了。或许，只有奇人不奇，而是成为普遍的社会现实，也不再存在一个特权阶层，举业，才不再是一种被追逐的窄门吧。

秋水上

2023 年 6 月 17 日

儒林第三·朋友

第7封信 朋友之道苦矣

晓蕾、秋水：

都说念念不忘必有回响，这是有道理的。咱们这个月读《儒林外史》的主题是"朋友"，正好7月1日就去上海参加了一个学术会议，主题是"士林交游与风气变迁"，参会论文的研究时间跨度从唐代到1980年代，每个时代的交游，都是各有各的精彩，有的是友谊，有的是交际，有的是应酬，有的是共同体……所以"朋友"两个字，内涵非常复杂。

《儒林外史》提到"朋友"二字有多少处你们知道吗？我数了一下，共有105处！这是高频词无疑了。那书里的"朋友"都有哪些含义呢？我先来捋一捋。

第一回说王冕"也不交纳朋友"，那么像秦老这样的民间友善人士，就不算朋友了？通观《儒林外史》，还真有这样的设定，第五十五回写一个叫荆元的裁缝不与学校中的人相与，但同一回又说曲中知音于老者是他的"老朋友"，可见未可一概而论。但总的来说，"朋友"两个字在吴敬梓笔下有着复杂的含义，它在回目中出现过三次，分别是第九回《娄公子捐金赎朋友　刘守备冒姓打船家》，第十八回《约诗会名士携匡二　访朋友书店会潘三》，第三十三回《杜少卿夫妇游山　迟衡山朋友议礼》。前两回是什么样的朋友，读过《儒林外史》的朋友都能明白，而最后一次，迟衡山"要约些朋友，各捐几何，盖一所泰伯祠，春秋两仲，用古礼古乐致祭。借此大家习学礼乐，成就出些人才，也可以助一助政教"，这里的朋友显然是价值观层面的知己，迟衡山前面所言"而今读书的朋友，只不过讲个举业，若会做两句诗赋，就算雅极的了，放着经史上礼、乐、兵、农的事，全然不问！我本朝太祖定了天下，大功不差似汤武，却全然不曾制作礼乐"——讲举业的朋友也是"朋友"，志趣相投的也是"朋友"，其实这就是"朋友"这个语词的两面性。我在谈《红楼梦》时引过《俞伯牙摔琴谢知音》末尾的两句诗，道是"春风满面皆朋友，欲觅知音难上难"，也是这种对比，"朋友"与"知音"对举，可见前者外延远广于后者。

"朋友"本来就是合称。《礼记》有云"同门曰朋，同志曰友"，同门，只是同一个老师——如果是自己选的老师还好说，像科举中的"座师""房师"，那简直只是仪式性的关系（但又很重要，大有用场），故此"同年"在传统中国是非常重要的伦理关系，但又扯不上"同志"，只是属于同一时空同一群体。《诗经》里说"嘤其鸣矣，求其友声"，就只能用"友"不能用"朋"，那么《论语》里的"有朋自远方来""无友不如己者"是否也是如此严格的定义？这样咬嚼下去，倒也有趣，比后世大而化之地谈论朋友（所谓八大借口，其中一条就是"都是朋友"），指称要有效得多。语词总是在不断地泛化淡化，像"哥""姐"也曾是非常严格的称呼，后来用作尊称，也是非常郑重的事，如今则随便接个推销电话，也是"哥""姐"盈口，今天还接了个，开口就是："哥，最近不忙吧？"说真的我不是很喜欢这种风气，有点像食材越不新鲜，制作越要麻辣重口，社会关系越是疏离，嘴里喊的就越是亲热，客服喊"亲"，同事间呼"宝贝"已是常态，也是称呼古今异变之一斑。

扯远了，说回《儒林外史》，"朋友"其实也是当时的一种特定称呼，如"梅朋友""魏朋友"，第二回有说明："原来明朝士大夫称儒学生员叫做'朋友'，称童生是'小友'。比如童生进了学，不怕十几岁，也称为'老友'；若是不进学，就到八十岁，也还称'小友'。"梅玖还补充说"我们学校规矩，老友是从来不同小友序齿的"，科举层阶替代了长幼伦理，成为一种新的等级秩序，这是"老友""小友"这两个不同的称呼传递出的意味。

倒是两位不得中举的娄氏公子，对"朋友"的理解颇有古风："朋友闻声相思，命驾相访，也是常事。"（第九回），虽然他们结交的杨执中、权勿用、张铁臂，都很难称为真正意义上的"朋友"，但二位娄公子用钱赎了杨执中，却不愿在他面前提起此事，确实可算不堕俗情。娄公子们虽然迂执可笑，这一点倒是读书的好处。他俩属于可交之人。卧闲草堂此回评语道："娄氏兄弟，以朋友为性命，迎之致敬以有礼，岂非翩翩浊世之贤公子哉？然轻信而滥交，并不夷考其人平生之贤否，猝尔闻名，遂与订交，此叶公之好龙，而不知其皆鲮鲤也。"——这就近似那个常见的问题：富人附庸风雅，要不要得？我是支持一切附庸风雅的，因为附庸风雅，至少认可风雅的高价值，附庸着附庸着，交了许多学费，吃了许多苦头，未尝不能变为真风雅。怕的是以俗为雅，或求俗弃雅，一个社会，风雅总是小众行为，也代表有别于主流众趋的可能性。追求这种可能性，总比全然反对这些可能性，要好一些，你们说是不是？

《儒林外史》中最为人所称道的朋友，莫过于马纯上马二先生，他为朋友出头，还有鲍文卿与向鼎跨越阶层的友情。前者是单向的，只见他对朋友好，却不见有回报，他倒也坦然处之，因此更是难得。马二先生对敲诈蘧公孙的衙役说道："你同他是个淡交，我同他是深交，眼睁睁看他有事，不能替他掩下来，这就不成个朋友了。——但是要做的来。""但是要做的来"这六字精妙，如果没有这六个字，马二先生就成了仗义疏财不顾后果的杜二先生了。衙役嫌马二先生的出价低了，马二先生追加的说辞也很有意思：

> 况且你们一块土的人，彼此是知道的，蘧公孙是甚么慷慨脚色，这宗银子知道他认不认？几时还我？只是由着他弄出事来，后日懊悔迟了。——总之，这件事，我也是个旁人，你也是个旁人。我如今认些晦气，你也要极力帮些。一个出力，一个出钱，也算积下一个莫大的阴功。若是我两人先参差着，就不是共事的道理了。

不能不说马二先生也是世情练达又心存厚道的好朋友。他明知道蘧公孙不是什么慷慨角色，仍愿一力替他承担化解这可能谋逆的罪名——如果了解清廷钁明史案的话，就知道马二先生摊上这事，风险不小。便是那差人有心勒掯，也不得不说一声"先生！像你这样血心为朋友，难道我们当差的心不是肉做的？"原文还有许多讨价还价的精彩，不多抄了，总之，这件事算是马二一力担当化解，而他把箱子还给蘧公孙时，也不过说了声"而今幸得平安无事，就是我这一项银子，也是为朋友上一时激于意气，难道就要你还？"蘧公孙呢，果然不是什么慷慨角色，虽然当下又是纳头拜了四拜，又是告知乃眷备饭，还说："像这样的，才是斯文骨肉朋友！有意气！有肝胆！相与了这样正人君子，也不枉了！像我娄家表叔结交了多少人，一个个出乖露丑，若听见这样话，岂不羞死！"（我读书时就一直想：那你倒是还钱哪！人家批时文三更灯火好辛苦的！）结果次日听说马二要走，蘧公孙又是留他来家住，又是办酒席饯别，都是虚话，真正到送别之时，也不过是"封了二两银子，备了些熏肉小菜"，还"要了两部新选的墨卷回去"，全不见当日拿收账来的二百两银子周济犯官王惠的家传慷慨，也不知道是不是结婚生子当了编修赘婿的缘故。

马二先生除了仗义之外，还有一般好处就是心大。你看洪憨仙诱他入局，借他来骗胡三公子，不料洪憨仙自己突然病死了。马二先生回想起来，反而是"他亏负了我甚么，我到底该感激他"，拿出洪憨仙给的银子来，"备个牲醴纸钱，送到厝所，看着用砖砌好了"，剩的银子，还打发了四位伴随上路。可能有人觉得马二先生有些滥好人了，但这般厚道一个人，不是哪里都能遇到的。

与马二先生完全相反的，当然是匡超人。这个人在自家父亲面前是孝顺的，在事业上是上进的，但只是对待朋友那一副嘴脸，实在让人恨得牙痒痒。匡超人与潘三的关系，要从潘保正说起。匡家失了火，是潘保正帮匡超人去庵里央和尚租的房，说法是："师父！你不知道，匡太公是我们村上有名的忠厚人；况且这小二相公，好个相貌，将来一定发达。你出家人与人方便，自己方便。权借一间屋与他，住两天，他自然就搬了去。香钱我送与你。"帮匡家出香钱不算，匡超人拜知县为师，是潘保正拿的手本；匡超人有了知县老师，心高气傲不肯拜学里的教官，也是潘保正劝导；李知县坏了事，还是潘保正来劝匡超人出外暂避，听说他想去杭州，专门介绍自己的"房分兄弟"潘三——这一介绍，就弄出一番事来。

潘三不是什么好人，他请匡超人上街吃饭那一段，穷形尽相地绘出了一个胥吏的横行霸道：

> 当下吃了两个点心，便丢下说道："这点心吃他做甚么！我和你到街上去吃饭。"叫匡超人锁了门，同到街上司门口一个饭店里，潘三叫切一只整鸭，脍一卖海参杂脍；又是一大盘白肉，都拿上来。饭店里见是潘三爷，屁滚尿流。鸭和肉都捡上好的极肥的切来，海参杂脍加味用作料。两人先斟两壶酒，酒罢，用饭。剩下的就给了店里人，出来也不算账，只吩咐得一声："是我的！"那店主人忙拱手道："三爷请便！小店知道！"

潘三看在哥子分儿上，对匡超人却是不坏，让他抽头钱，教他假造公文，冒名替考，带挈匡相公发了财，又介绍衙门郑老爹的女儿与他为妻。在潘三的世界里，这也是一等一的善待朋友了。这十九回的回目叫《匡超人幸得良朋　潘自业横遭祸事》，不完全是反讽。但在潘三横遭祸事之后，匡超人是如何对他的呢？蒋刑房替潘三传话，想"会一会，叙叙苦情"，匡超人的第一反应是去看潘三是"赏罚不明"，蒋刑房听得出奇，揶揄他说："这本城的官，并不是你先生做着，你只算去看看朋友,有甚么赏罚不明?"匡超人居然面不改色,说出了一篇大道理:"潘三哥所做的这些事,便是我做地方官,我也是要访拿他的。如今倒反走进监去看他,难道说朝廷处分的他不是?这就不是做臣子的道理了。况且,我在这里取结,院里、司里都知道的。如今设若走一走,传的上边知道,就是小弟一生官场之玷。这个如何行得?"

这一段我从小到大,已经看了有百八十遍,而今重读,仍然觉得不寒而栗。一个人,还是个读书人,怎么能无耻到这般田地?想来这种情感是古今共通的,卧闲草堂的回末评极为辛辣讽刺:

> 潘三之该杀、该割,朝廷得而杀割之,士师得而杀割之,匡超人不得而杀割之也。匡惟不得而杀割之,斯时为超人者,必将为之送茶饭焉,求救援焉,纳赎锾焉,以报平生厚我之意,然后可耳。乃居然借口昧心,以为代朝廷行赏罚,且甚而曰:"使我当此,亦须访拿。"此真狼子野心、蛇虫蝎毒未有过于此人者。昔蔡伯喈伏董卓之尸而哭之,而君子不以为非者,以朋友自有朋友之情也。使天下之人尽如匡超人之为人,而朋友之道苦矣。

天下之人如尽是匡超人，那还谈什么朋友？这是三百年前吴敬梓的一声浩叹，一直幽幽地传到了今天。

能够提振我们对友谊信心的，莫过于鲍文卿与向鼎的"忘阶之交"了。故事的开端是戏子鲍文卿在按察司替主人向知县讨饶，按说这是犯忌的事，但鲍文卿的理由是："自从七八岁学戏，在师父手里就念的是他做的曲子。这老爷是个大才子、大名士，如今二十多年了，才做得一个知县，好不可怜！"这让按察司也动容不已，遂了他的愿，还写信给向鼎，为鲍文卿要几百两银子的谢礼。

但鲍文卿打死不肯收向鼎的谢礼，而且话说得非常决绝："这是朝廷颁与老爷们的俸银，小的乃是贱人，怎敢用朝廷的银子？小的若领了这项银子去养家口，一定折死小的。大老爷天恩！留小的一条狗命！"我们现在看了这番话，会觉得鲍文卿骨子里是个奴才，但在《儒林外史》的时代，这是一种美德，叫作"安分"。即卧评所谓"优伶贱辈，不敢等于士大夫，分宜尔也。乃晚近之士大夫，往往于歌酒场中，辄拉此辈同起同坐，以为雅趣也，脱俗也，而此辈久而习惯，竟以为分内事"，这种阶级意识，是那个社会的积习，我们看着虽不舒服，但亦无足怪。

难得的是，吴敬梓写了一个义伶，又对照着写了一个义官。向鼎是一个肯写戏的官，他有可以跨越阶层的意识。他在街上偶遇鲍文卿，立即让人请他来会：

> 向知府已是纱帽便服，迎了出来，笑着说道："我的老友到了！"鲍文卿跪下磕头请安。向知府双手扶住，说道："老友！你若只管这样拘礼，我们就难相与了！"

当然，向知府也有不能免俗的地方，如夸赞鲍文卿的义子鲍廷玺，说的是"好个气质！像正经人家的儿女"，言外之意优伶并非正经人家。但他对鲍文卿的敬重是真心的，鲍文卿不受贿赂而说情，巡考场又能与人为善，向鼎都看在眼里记在心上，他向同官介绍鲍文卿时如是说：

> 后来渐渐说到他是一个老梨园脚色，季守备脸上不觉就有些怪物相。向知府道："而今的人，可谓'江河日下'。这些中进士、做翰林的，和他说到'传道穷经'，他便说'迂而无当'；和他说到'通今博古'，他便说'杂而不精'。究竟事君、交友的所在，全然看不得。不如我这鲍朋友，他虽生意是贱业，倒颇颇多君子之行。"

君子与否，与职业良贱无关，这是吴敬梓要表达的人物观。子曰"礼失求诸野"，也未尝不能是这个意思，"仗义每多屠狗辈"，虽是愤激语，但其实社会上稀缺的不是仗义的屠狗之辈，而是因为仗义就能平视、高看屠狗之辈的达官显贵。

所谓"一生一死，乃见交情"，鲍文卿去世后，向鼎来吊孝那一段，也是年轻人说的"太好哭了"。这里也特别能见出《儒林外史》的好处，内在感情无论如何浓烈，写来总是淡淡的白描：

> 向道台道："我陞见回来，从这里过，正要会会你父亲，不想已做故人。你引我到枢前去！"鲍廷玺哭着跪辞。向道台不肯，一直走到枢前，叫着："老友！文卿！"恸哭了一场，上了一炷香，作了四个揖。鲍廷玺的母亲也出来拜谢了。向道台出到厅上，问道："你父亲几时出殡？"鲍廷玺道："择在出月初八日。"向道台道："谁人题的铭旌？"鲍廷玺道："小的和人商议，说铭旌上不好写。"向道台道："有甚么不好写？取纸笔过来！"当下鲍廷玺送上纸笔，向道台取笔在手，写道：
>
> 皇明义民鲍文卿（享年五十有九）之枢。赐进士出身中宪大夫福建汀漳道老友向鼎顿首拜题。

向鼎由知县到知府到道台，对鲍文卿从感激到敬佩到相知，二人的友情跨越阶层，却善始善终，卧评道是："向观察哭友，堂皇郑重，可歌可泣，乃颜鲁公作书，笔力直欲透过纸背。"这一段描写，这一份交谊，代表了人类对于超功利友情的永恒向往，经见的世事越多，认识的朋友越众，反而会更稀罕这样的真心以待。

在这封信一开头提到的"士林交游与风气变迁"会议上，我和学生王朴微联名提交的论文题为《八十年代的友谊为何"烫人"？——〈文汇月刊〉文化变迁背后的八十年代知识分子交游》，这是在王朴微硕士论文写作过程中，我们有感于1980年代"友谊"的特殊性，而爬梳撰写的文章。论文的结尾写道：

> 八十年代那"烫人"的友谊，在如今为何引人怀念，其中原因是复杂的。在许多人看来，当下中国人际关系中充斥的是冷漠、自私、误解与唯利是图的风气，换言之，当下的中国人越来越难以安置精神与主体、自我与他人的关系。在这样的情形下，八十年代的纯真友谊成为人们悲叹现实的对照，它的逝去仿佛正如一个悲剧不得不以死亡结尾一般自然。但我们却应追问，究竟是什么，让后八十年代的中国人集体心态在如此短的时间内发生

巨变？究竟是什么，让八十年代知识分子看似坚不可摧的友谊突然变质？

……

一句"人心不古"并不能解释为何八十年代纯洁与"烫人"的友谊无法在今日复现。需要再次强调的是，八十年代知识分子交游的特殊性，源自彼时文化氛围，源自知识分子的他者认知与自我身份认同。当我们今天在怀念八十年代的友谊时，或许更应思考的是，是什么土壤培养出了这样"烫人"的友谊？这些土壤为何最终消失？如今有无可能（甚至有无必要）让这些土壤"死灰复燃"？

不同时代的情感或许可以共通，三百年前吴敬梓用小说惋叹纯真友情的消逝，三百年后我们用论文唏嘘烫人友谊的不再，其中都寄寓着对"正常的"人际关系的认定与眷恋。不知道这些感慨有没有让你们想起那些曾经温暖的名字，曾经无所顾忌的笑声？

盼回信。

杨早
2023 年 7 月 13 日

第∞封信

朋友就是一种选择

杨早、晓蕾：

最近我又读了一遍《昨日的世界》。说起来，这本书不断地在我的生命中出现，每次读起来仍然像一本新书那样，闪烁着耀眼的光芒。一个安全而又充满理性的世界的坍塌，并不是在一夜之间，但大部分人安富尊荣。"我的稿子正写得顺手；躺在石棺里的死了的皇太子跟我的生活有什么相干？夏天从来没有这么美过，而且看来还会越来越美。我们大家都无忧无虑地看望着世界。"在1914年战争爆发前夕，茨威格正准备着去乡间别墅度假。但当仇恨的战鼓，一直敲到每个人的耳朵直响、心脏打战时，"要想和某个人进行一次理智的谈话，渐渐地成为不可能了。最爱好和平、心地最善良的人，也像喝醉了酒似的两眼杀气腾腾"。茨威格被好战的、狂热的爱国者们指责，被孤立。

再次读到这里的时候，我想起来这些年流行的"割席"——原本亲密的朋友因价值观和世界观迥异而疏远甚至绝交。杨早引《礼记》，解释"朋友"的源头："同门曰朋，同志曰友"，如果志向不再一致，甚至对立，确实也到了友尽的地步了。以前我幼稚地幻想，朋友之间大可以求同存异，后来才发觉这个难度之高，简直就是刻意为难人。因为一方愿意存异，另一方未必赏脸，友情仍是无以为继的；此外，观念之争，很容易引发关于智力、人品、见识与道德上的怀疑。而怀疑的种子一旦种下，友谊的小船就有随时被侵蚀甚至倾覆的风险。《儒林外史》第八回，蘧公孙刻了部《高青丘集诗话》，题名"嘉兴蘧来旬驷夫氏补辑"，印了几百部送人，从此成为被仰慕的少年名士。从此，蘧公孙就在名士圈里，作诗词，写斗方，与朋友酬唱赠答。后来，他观念变了，觉得科举才是正道，想和朋友们谈谈举业，"无奈嘉兴的朋友都知道公孙是个作诗的名士，不来亲近他"。志向不同，确实无法深交，甚至圈子都进不去。

第三十二回娄太爷去世前,有一番好话劝杜少卿:

> 你眼里又没有官长,又没有本家,这本地方也难住;南京是个大邦,你的才情到那里去,或者还遇着个知己,做出些事业来。

这位老管家非常了解自家的小少爷,知道他不会当家,不会相与朋友,家业是保不住了,不如索性抛开了,到南京这个大城市去,结交几个真心朋友,说不准还是一条出路。果然在南京,杜少卿碰到迟衡山,后者赞他是"自古及今难得的一个奇人"。杜少卿和另一位妙人庄绍光的相遇,则极尽错综掩映之事,方见得知己之难。他听说庄绍光要来见他,赶紧表示合该自己去拜会。后因娄太爷去世,本已约好的会面再次推迟,等他返回南京,次日去拜会,不料庄绍光却被人请去游西湖了。各种波折之后,第三次借着商议祭祀泰伯祠的事,这才见上面。庄绍光也是一位奇人,被征辟入京,却辞官不做,好在得了一个元武湖,从此过上了令人羡慕的生活。

细品之下,这不是专门气杜少卿嘛。杜少卿也是不愿意做官,当有人举荐他去京城做官时,他干脆装病不去，娘子问他原因，他反说妻子呆，放着南京这样好玩的地方，春秋看花吃酒，好不快活，为甚要去冷得要命的京里受罪。他们放弃功名富贵的主流路径，回向古典礼乐的儒家元典精神。这样的路是道德的，却也是无比辛苦的。杜少卿大把的银子送人，到自己连路费船钱三两银子也欠着；吃了三个烧饼，要六个钱，他手里只有五个钱，还是碰到熟人，会了茶钱，才得以走出茶馆门。回到南京后，为了建造泰伯祠，他却可以豪气捐出三百两银子。

庄绍光名满一时，"他却闭门著书，不肯妄交一人"。这样两个有隐逸气质的奇人，是同一种人，他们很容易在对方身上，闻到熟悉的气味，认同对方的精神境界。就连虞博士，被放了一个闲官，他却欢喜："南京好地方，有山有水，又和我家乡相近。我此番去，把妻儿老小接在一处，团圞着，强如做个穷翰林。"

这三个作者竭力推举的人物，某种意义上，都是退守型的人。"读书人，最不济，烂时文，烂如泥。国家本为求才计，谁知道，变作了欺人技"，他们看透了科举这条"荣身之路"的虚妄，也亲自践行了迟衡山的学（问）功（名）分离论："讲学问的只讲学问，不必问功名；讲功名的只讲功名，不必问学问。若是两样都要讲，弄到后来，一样也做不成。"虞博士会地理、算命，是吃饭的本事,庄绍光十一二岁就能写出七千字的赋,后来在家钻研《易经》,而杜少卿也对《诗经》颇有研究。杜少卿辞去了征辟后,兴高采烈地表示,从此与科举绝缘,"做些自己的事罢!"而他们之间的互相维护,也完全是一种精神上的共鸣。有人说杜少卿没品行,时常带着妻子上酒馆吃酒,被人取笑,虞博士却说这是他的风流文雅,俗人不懂;又有人说他不应考的人,做出来的东西有限,让虞博士不要把有钱的诗文转给杜少卿做,虞博士却说杜少卿做出来的诗文,没有人不服气的。庄绍光一开始不识虞博士,不愿意见他,杜少卿就纠正他的偏见:"这人大是不同,不但无学博气,尤其无进士气。他襟怀冲淡,上而伯夷、柳下惠,下而陶靖节一流人物。你会见他便知。"果然两人一见如故。"虞博士爱庄徵君的恬适;庄徵君爱虞博士的浑雅。两人结为性命之交。"在第三十六回里,有这样一个细节:

转眼新春二月,虞博士去年到任后,自己亲手栽的一树红梅花,今已开了几枝。虞博士欢喜。叫家人备了一席酒,请杜少卿来,在梅花下坐,说道:"少卿,春光已见几分,不知十里江梅,如何光景。几时我和你携樽去探望一回。"杜少卿道:"小侄正有此意,要约老叔同庄绍光兄作竟日之游。"

三人有如此脱俗的意趣，因三人本质是一样的人。这般妙人，算是朋友中的顶配，一辈子碰到一个，都算是老天眷顾了。

咱们仨曾聊过愿意和《儒林外史》里的谁做朋友，我们都认为马二先生是上佳人选，也还是深知杜、虞、庄一流的友谊太难得，那得是上辈子拯救过地球的功德吧。其实，马二先生何尝易得？杨早已剖析得细致。我觉得马二先生最难得是不市恩。他帮蘧公孙，帮匡超人，是实实在在为对方着想，解除对方的困境，也并不求个结果。上封信里，我分析过匡超人的堕落之旅，可以说他是刻意认识马二，那本时文选就是他打动马二的道具。但马二确实也看透人性，他知道蘧公孙是什么样的人，也肯定见识过匡超人这样身处底层却野心勃勃的年轻人。我从前认为马二是个憨憨老实人，一次次被骗，现在倒觉得他能保持这一份厚道，不求对方回报，不求老天奖赏，已经是人中豪杰了。

《儒林外史》里对貌似同道人士间的交往着墨颇多。第十二回《名士大宴莺脰湖　侠客虚设人头会》是极好看的一回。官员家的傻儿子、诗人、骗子、地痞、假侠客们会聚一堂：

两边船窗四启，小船上奏着细乐，慢慢游到莺脰湖。酒席齐备，十几个阔衣高帽的管家，在船头上更番斟酒上菜，那食品之精洁，茶酒之清香，不消细说。饮到月上时分，两只船上点起五六十盏羊角灯，映着月色湖光，照耀如同白日，一派乐声大作，在空阔处更觉得响亮，声闻十余里。

　　哪怕是这样不堪的一些人，这聚会看上去也还是这般美好，值得大书特书一回。

　　第十七回，匡超人和景兰江同行至杭州，混到西湖诗会，看了一夜《诗法入门》就学会了作诗。不过很快他就听了潘三的话，一心赚钱，和这些所谓的名士远了。

　　在《儒林外史》时代，文人们的诗社诗会比较松散，人员流动性也大，更大的作用是扩展人脉，构建自己的社交圈。晚明文人结社盛行。"结社这一件事，在明末已成风气，文有文社，诗有诗社，普遍了江、浙、福建、广东、江西、山东、河北各省，风行了百数十年，大江南北，结社的风气，犹如春潮怒上，应运勃兴。那时候不但读书人要立社，就是仕女们也要结起诗酒文社，提倡风雅，从事吟咏。"（谢国桢：《明清之际党社运动考》）有名的"复社"全盛时期人员有两千余人,"几社"也达百人。这两个诗社和政治关系紧密,介入党争,后世也多被诟病。其实我觉得如果这些大大小小的社团能长期发展,深入社会肌理,是很有效的社会组织力量。历史学家艾伦·麦克法兰在《现代世界的诞生》那本书里说,俱乐部和社团构成了英国社会结构的基石,那种以信任和合作精神为基石的小共同体,是一个社会的有机力量。可惜进入清朝之后,朝廷干脆禁止士人结社,认为这是一种恶习,严禁结社订盟。

就在禁令颁发前两年,吴中地区还出现了一个"惊隐诗社"。这个诗社又叫"逃之盟",从名字便可以看出这个社的遗民色彩,心怀故国的遗民们抱团取暖,在诗酒间抒写难以忘怀的悲慨。诗社的偶像是屈原、陶渊明、杜甫等诗人,每年端午祭祀屈原,重阳祭祀陶渊明。在一次元宵节聚会之后,一位诗人写下了一首诗,如今读来,仍令人生出无限怅惘:"灯火仍看满禁城,良朋尊酒岁时晴。柳条犹待东风发,月色还同昨夜明。横笛楼头离别恨,落梅帘外踏歌声。山阳旧侣虽无恙,逝水年华自感生。"(顾樵:《元夕后一日集通晖楼》)当诗社两位成员吴炎、潘柽章在庄廷鑨明史案中被牵连罹难后,诗社另一位成员顾炎武作诗悼念:"一代文章亡左马,千秋仁义在吴潘。"也因此事,惊隐诗社被迫解散。

说到底，朝廷害怕与自己争夺话语权的人，也害怕有组织的力量。于是，带有政治色彩的结社消失了，但纯粹的诗社仍无法彻底禁止。到《儒林外史》时代，以诗会友的这种交游，仍是士人生活中重要的部分。话说，谁能没有朋友呢？哪怕这个朋友只是一时一地，或者不过是酒肉朋友。拓展社交圈，交换信息，吹牛需要听众，花花轿子人抬人，这些都是亘古不变的刚需。小说第四十六回中有一次雅集，正是为被誉为陶渊明一流人物的虞博士饯别。"庄濯江收拾了一个大敞榭，四面都插了菊花。此时正是九月初五，天气亢爽，各人都穿着袷衣，啜茗闲谈。"酒宴、茶事、闲谈，也看戏，画画，作诗，这样的饯别会持续了整一日。

诗会雅集这一类的交游，除了几个核心人物，也还是泛泛之交，有的可能连朋友都谈不上。像莺脰湖之宴，简直就是娄三娄四两个傻公子的人生污点，唯一的作用大概是惊醒了蘧公孙；当然在杨执中、权勿用这些人的记忆中，怕也是人生中的高光时刻。第十八回倒是大有史料价值，细致描摹了整个诗会的过程，下单子，出行，买酒菜，拈阄分韵，回家作诗，兴尽归家。

整部小说里，我觉得能够得着的，却是四个字："烟火邻居"。牛布衣在芜湖甘露庵病倒，将自己后事和两本平生所做的诗托付给老和尚。老和尚和邻居们一起安葬了他,打了酒,买了些菜肴,酬谢众邻。邻居们说:"我们都是烟火邻居,遇着这样大事,理该效劳。"此前,有一段写牛布衣和老和尚的交往,颇有意韵:

> 牛布衣日间出去寻访朋友,晚间点了一盏灯,吟哦些甚么诗词之类。老和尚见他孤踪,时常煨了茶送在他房里,陪着说话到一二更天。若遇清风明月的时节,便同他在前面天井里谈说古今的事务,甚是相得。

我读到这里,真的是废书长叹。天涯孤旅,说的是牛布衣,老和尚何尝不是?能一起喝茶说话,能托付后事,在人生路上,能有这样的"烟火邻居"陪伴一小段时光,已然是十二分的幸事。我想起三十岁的时候,人生遭逢大变,有顿时变脸的朋友,有巧言令色之辈,但也有二三良友,不离不弃,吃饭、聊天,陪着我走过至暗时刻。那种温暖,足慰平生,至今也不能忘怀。

说起来,冒了牛布衣名的牛浦,他的祖父和邻居卜老爹也是这样的烟火邻居,多年相伴,实实在在为对方打算。第一回里王冕有个邻居秦老,说他"虽然务农,却是个有意思的人",他自小看王冕为人不俗,很喜欢他,时时邀在草堂里坐着说话儿。寥寥几笔,也勾勒出一位有见识有意趣的烟火邻居。在初夏，他俩会在打麦场上放一张桌子，在月下对饮。

杨早说鲍文卿与向鼎超越阶级的友谊提振了我们的信心，这是超越性的友谊。其实，鲍文卿和倪老爹，也可以说是烟火邻居式的守望相助了。鲍文卿初见倪老爹，他全身上下，帽子、衣服和鞋子都是破的，替人修补乐器。这个穷秀才养不起儿子，把四个儿子卖到了外乡。鲍文卿就过继倪老爹的小儿子，也不要他和倪家断了，两家往来不绝，后来还给倪老爹料理了后事，给过继的儿子娶了亲。鲍文卿这个人，虽然他自守身份，说自己是个老戏子，但行事为人，都透露出一派君子风度。这样的人，是你愿意和他交心、维系终生的朋友。我们仨可以做这样的烟火邻居。

《儒林外史》这部书，书写制度的荒谬，描摹世情的荒谬，刻画人性的荒谬，但他却不虚无，或许正是因为作者顺手皴染的烟火时刻——那时候，人的心里有闪烁的光，对自然和美有了共鸣。就好像在旷野上行走的人，突然意识到自己被看顾，心里动一下，那是真正的温柔。

祝夏安！

秋水

2023 年 7 月 15 日

第9封信 在败坏的世界里相互守望

秋水、杨早：

杨早发现《儒林外史》中提到"朋友"一词高达105处，属实是高频词。吴敬梓不怎么写男女之情，但对朋友之义有很深的期许。

跟《红楼梦》以事带人的章回小说不同，《儒林外史》是靠一个人引出另一个人，以串珠式样缀连成篇的。读《儒林外史》时，觉得这些人都交游甚广：蘧公孙遇马二先生，马二先生遇匡超人，匡超人遇杭城名士景兰江一行，季苇萧遇杜慎卿，杜慎卿带出杜少卿，杜少卿遇迟衡山……从嘉兴到六合到杭州到南京，走哪儿都能遇到同道，几乎处处都有熟人，可谓"眼前一笑皆知己，不是区区陌路人"。

当然了，书中举业的、选书的、作诗的、当名士的，各有各的圈子，想要破圈，就要靠口口相传。没有同僚朋友的热捧，谁知道谢安有这么高的段位，"谢安不出，苍生将如何"呢？杜慎卿声名远播，成为江南数一数二的才子，经常上"热搜榜"，自然也并非靠隐居而来。

我们常说，传统中国是熟人社会，农业社会的道德往往无法应对陌生人社会。但传统道德富有弹性，"在家靠父母，出门靠朋友"，总有办法把陌生人变成自己人。书中一个人引出另一个人的缘由，不是同乡，就是同门或熟人的熟人，就是广义的"朋友"。所以，"朋友"不仅是书中功能性的架构，也是人与世界建立关系的方式。如今，世界变了，理却不会变，我跟你俩结缘，是因为同在一个自媒体上写专栏，跟杜少卿、迟衡山们结交的方式差不多。

跟你们一样，我也喜欢马二先生。年轻的时候看马二先生，看见的更多是迂腐——热衷举业，自己科场不利，去做编科举教科书、选八股文章的行当，便热忱劝导蘧公孙和匡超人念文章做举业……这不是带坏年轻人嘛。人到中年，才深切体会到马二先生的厚道仁心。鲁迅评价他："上知春秋汉唐，在'时文士'中实犹属诚笃博通之士。"这话很准确，在举业圈里，马二先生的确又专业又诚恳。他对刚进城的乡下青年匡超人倾囊相授，赞助其钱财外加职业辅导，也不求回报；还帮蘧公孙避免了一场天大的祸事，自己倒赔了辛苦赚来的九十二两银子。关键这蘧公孙虽极为感念，最终却没还马二先生的钱，马二先生自己说不在乎，也没存着要他还钱的意思，这是人家古道热肠，你蘧公孙不还就不合情理了。何况蘧公孙曾偶遇王惠，能慨然无偿赠与二百两，也不算吝啬角色啊。

杨早猜是因为蘧公孙当了赘婿，对财产的支配权降低了，拿不出钱来还马二先生。不过，这也可能透露了吴敬梓的古典道德——他喜欢用"功名富贵"来考验人性，认为逃得过这套诱惑的才是真正的好人。书里的正面人物对金钱几乎都不看重，就连杜少卿看到盐商家逃婚的沈琼枝也是夸她"不恋富贵"。以此推之，高尚的友情，自然不能汲汲于还钱与否了。故马二先生明知蘧公孙并非什么慷慨角色，也执意拿钱救他，压根就没打算让对方还：

> 我把选书的九十几两银子给了他，才买回这个东西来，而今幸得平安无事。就是我这一项银子，

也是为朋友上一时激于意气,难道就要你还?但不得不告诉你一遍。明日叫人到我那里把箱子拿来,或是劈开了,或是竟烧化了,不可再留着惹事!

我终究还是小气,还是为马二先生的古风和士气遭遇肉包子打狗感到不平。

但吴敬梓是一个理想主义者,在一个日渐败坏的世界里,他依然信仰儒家元典,坚持纯正的君子道德,把抵制"功名富贵"进行到底。他极重孝悌,写的杜少卿也是孝心极重,杜慎卿说他:"但凡说是见过他家太老爷的,就是一条狗也是敬重的。"书中还特意插叙了郭孝子千里寻亲的故事,即使郭孝子花费了半生时间寻找的父亲王惠并不是什么光彩角色,而且这个父亲还拒绝相认。通过这种方式,吴敬梓把孝推到了极致,提升到了信仰的层面,这是他"头上的星空和心中的道德律"。康德正认为道德的目的不是让人获得快乐和幸福,而是让人无愧于所得到的快乐和幸福。

所以马二先生仗义疏财,大侠凤鸣岐也鼎力出手,言必信,行必果,己诺必诚,不爱其躯,不贪任何回报。在那持续朽坏的世界里,这也是重振人心的一种尝试吧。

秋水说到《昨日的世界》,身在欧洲的茨威格也是眼睁睁看着那个安全而又充满理性的世界坍塌，在他死后，一个原子化的意义裂解的现代世界悄然来临。尽管吴敬梓跟他的先贤一样，感慨世风日下人心不古，但他所处的那个世界，理想虽悬在空中，也终究有影子投射到现实生活里，算是一个相对的稳固的古典意义共同体。鲁迅说吴敬梓："生清初，又束身名教之内，而能心有依违，托稗说以寄慨，殆亦深有会于此矣。"吴敬梓批评当时的文士，乃因为他笃信儒学，他依然属于"名教"中的一员，所以他批判的信心来自对道义的信奉。也因此，书中才有"为往圣继绝学"，有力践"礼、乐、兵、农"众人祭泰伯祠的事，尽管最后一地荒芜——

> 从冈子上踱到雨花台左首，望见泰伯祠的大殿，屋山头倒了半边。来到门前，五六个小孩子在那里踢球，两扇大门倒了一扇，睡在地下。两人走进去，三四个乡间的老妇人在那丹墀里挑荠菜，大殿上槅子都没了。又到后边五间楼，直桶桶的，楼板都没有一片。两个人前后走了一交，盖宽叹息道："这样名胜的所在，而今破败至此，就没有一个人来修理。多少有钱的，拿着整千的银子去起盖僧房道院，那一个肯来修理圣贤的祠宇。"邻居老

爹道:"当年迟先生买了多少的家伙,都是古老样范的,收在这楼底下的几张大柜里,而今连柜也不见了!"盖宽道:"这些古事,提起来令人伤感,我们不如回去罢!"

原本是士人祭拜理想的地方,那丹墀里竟然长满了荠菜,荒草丛生。理想在现实中行不通了,但理想留下了邈远的回响,跟现实形成了冲突和张力,也可以让现实在更广更深的意蕴中呈现出来。退而求其次,如果不能积极实现自我价值,那就做减法,抱持免于被打扰、干涉的"消极自由","道不行,乘桴浮于海",海上有良朋、歌与美酒,书中不也有杜少卿、庄绍光和虞博士们吗?

我爱杜少卿、庄绍光和虞博士的友情,怎一个霁月光风,从容冲淡。关于他们的交往,秋水写得好,我就不赘述了,他们一见如故同声相求的友情,以及对"道统"的珍视,让我想到孔老夫子最为称许的一句话:"莫春者,春服既成,冠者五六人,童子六七人,浴乎沂,风乎舞雩,咏而归。"这样温润的时刻,一定要有朋友同行。或者说,正是因为冠者还有五六人,这个世界才能如此美好。

书中写王玉辉来到南京,"那知因虞博士选在浙江做官，杜少卿寻他去了；庄征君到故乡去修祖坟；迟衡山、武正字都到远处做官去了，一个也遇不着"。虞博士离开南京，杜少卿还要寻去抱团取暖。因为还有朋友，这个世界才不会荒寒到底。书中结尾就有四大市井奇人，在城市山林和内心深处寻得了小桃源。市井奇人荆元和弦弹琴，好友于老者焚下好香，"铿铿锵锵，声振林木，那些鸟雀闻之，都栖息枝间窃听。弹了一会，忽作变徵之音，凄清宛转，于老者听到深微之处，不觉凄然泪下"。

只要这个世界上还有跟自己一样的人，就没有那么坏，是吧？

现如今，我们对幸福和友情的想象也越来越谨慎了，即使在一个城市里，彼此也"动如参与商"。现代人的孤独，来自社会的离散化，往往是被动的。查尔斯·泰勒称之为"大脱嵌"，即"个人"脱离了前现代的整体性宇宙秩序和意义共同体，成了孤独的现代人，"孤独""碎片化"已经成了现代生活的衍生品。泰勒敏锐地感受到现代世界缺乏深度，现代自我缺乏完整性，倾向于栖息在表面，很难与他人发生心灵上的密切交往，从而导致了处处都是"不信"。

容我煽一下情，在这样一个充满不确定的世界，能有你们这样的朋友，一起读书，一起写信，是多么

幸运。以前咱们说过结伴养老，大家都住在同一个小区，相互守望照应，倒也挺好，正好是秋水说的"烟火邻居"。

《儒林外史》里给我留下深刻印象的一个人是虞博士，他情绪稳定，在朋友间犹如"定海神针"般的存在（有点像杨早，哈哈）。

他先是给人教书糊口，有一年失了馆，妻子为生计担忧，他宽解道：

> 我自从出来坐馆，每年大约有三十两银子。假使那年正月里说定只得二十几两，我心里焦不足，到了那四五月的时候，少不得又添两个学生，或是来看文章，有几两银子补足了这个数。假使那年正月多讲得几两银子，我心里欢喜道："好了，今年多些。"偏家里遇着事情出来，把这几两银子用完了；可见有个一定，不必管他。

他救了活不下去寻短见的人，要送对方银两，想法也很实在：

> 我这里有十二两银子，也是人送我的；不能一总给你，我还要留着做几个月盘缠。我而今送你四

两银子。

有人劝他求长官走"征辟"之路,他不想求人,也不愿意以辞官扬名:

> 你这话又说错了。我又求他荐我,荐我到皇上面前,我又辞了官不做:这便求他荐不是真心,辞官又不是真心。这叫做甚么?

他五十岁中了进士,没像一般人那样隐瞒自己的年龄。皇上看他年龄大了,就给了他一个闲职,补了南京的国子监,他也欢喜:

> 南京好地方,有山有水,又和我家乡相近。我此番去,把妻儿老小接在一处,团圞着,强如做个穷翰林。

在南京做了六七年博士,每年积几两俸金,挣了三十担米的一块田。后来他被放到浙江做官,跟杜少卿告别时坦言:

> 我此番去,或是部郎,或是州县,我多则做三

年，少则做两年，再积些俸银，添得两十担米，每年养着我夫妻两个不得饿死，就罢了。子孙们的事，我也不去管他。现今小儿读书之余，我教他学个医，可以糊口，我要做这官怎的？你在南京，我时常寄书子来问候你。

我引了这么多段话，是因为这种人生姿态，真有"静候天机，物我同心"的意味。在功名富贵的旋涡里，既没把这个世界拱手让给利欲熏心之徒，尽了自己的本分和义务，亦能自持，保持足够的清醒，难怪吴敬梓让他做了泰伯祠的主祭，给了他最高的礼遇。

再说说杜慎卿吧。不知道你们愿不愿意跟这样的人交朋友。杜慎卿出身"一门三鼎甲，四代六尚书"的世家，算是翩翩浊世佳公子，他"面如傅粉，眼若点漆，温恭尔雅，飘然有神仙之概"，颇有魏晋名士的气派。但他这样的名士只能远观，真相处起来，也问题多多。杜慎卿恃才傲物，又喜欢评判别人，做他的朋友要经受得住他的打击。他点评萧金铉的春游诗作："诗句是清新的。"建议把"桃花何苦红如此？杨柳忽然青可怜"改成"问桃花何苦红如此"，才是一句好词……对方被说得透身冰冷。他恶谈功名利禄，嫌其俗。萧金铉在聚会上提议即席分韵作诗，他笑道："先生，这是而今诗社里的故套，小弟看来，觉得雅的这样俗，还是清谈为妙。"俗也不是雅也不是，进也难退也难。每次读到他喝茶吃饭，都会想起妙玉用梅花雪泡茶，黛玉还以为是旧年雨水，也被妙玉说成"大俗人"。跟这样的人做朋友，得时时刻刻接受他居高临下的考量和评判。

其实杜慎卿自己也活得累。他体弱，"登山临水，也是勉强"；至于丝竹之好，也"偶一听之，可也；听久了，也觉嘈嘈杂杂，聒耳得紧"；他的嘴很刁，勉强吃了一块板鸭，登时就呕吐起来，平时也只吃点鲥鱼、笋和樱桃，有时只一片软香糕和一杯雨水煨的六安毛尖茶就够了。郊游、音乐、美食他一概享受不了，真真生无可恋。众人在雨花台上游玩，琉璃塔金碧辉煌，照人眼目。而杜慎卿到了亭子跟前，"太阳地里看见自己的影子，徘徊了大半日"。

哈哈，原来吴敬梓也有促狭时。但他终究是以"公心"书写，在书中，风雅是好的，附庸风雅也不算坏，故作风雅也没什么，人性的参差幽微，道德的复杂斑驳，就在其中。沈从文说，千万不要冷嘲，否则会陷入虚无，就是这个理。

再八卦一下，据说杜慎卿身上有袁枚的影子。袁枚跟吴敬梓是同时代人，又都住在南京，吴敬梓才华过人，被推为南京的文坛盟主。十几年后，袁枚也成了文坛盟主，二人同城隔河而居，竟没什么交往。有人说他俩之间曾有过龃龉，但没可信的资料证实，遂成一段迷之公案。

不过综观二人的性格与经历，还真非同道中人。袁枚生于书香门第，十二岁中秀才，二十三岁中举，次年又中进士进了翰林院，堪称人生赢家。他当过几年地方官，四十岁起退隐南京，从此当起了富贵闲人。他长袖善舞，官私通吃，又会经营自己，为权贵富豪写序跋和墓志铭，曾一字百金。他性情闲荡，有钱会享乐，妻妾成群，还不顾俗议公然收女弟子，自称"平生行自然，无心学仁义"，怎么看都跟吴敬梓是两类人。袁枚还说："我辈身逢盛世，非有大怪癖、大怪诞，当不受文人之厄。"就是说这个时代，文人再混不好都是自己的问题，这话简直是对吴敬梓的精准打击。

吴敬梓"以辞却功名富贵，品第最上一层为中流砥柱"，自己也终身行之。因家族争产，索性散尽家财，导致晚年生活十分困苦，曾靠给人帮佣谋食。袁枚会享乐，活得自在松弛，善于跟世界和解，又高标性灵，思想激进独到。吴敬梓则紧绷着，始终跟现实不合作（他身上有种奇特的冲突性，比如早年刻意败家，搬到南京后又在秦淮青楼散尽家财，似乎一直跟现实较劲），又身怀士人理想。吴敬梓也许觉得袁枚过于轻佻，后者也看不得前者的古怪，互不买账。

第三十三回卧评说："杜少卿乃豪荡自喜之人，似乎不与迟衡山同气味，然一见衡山，便互相倾倒，可知有真性情者，亦不必定在气味之相投也。衡山之迂，少卿之狂，皆如玉之有瑕。美玉以无瑕为贵，而有瑕正见其为真玉。"其实杜少卿狂是表面，骨子里他也是一个迟衡山，一见如故正是从对方身上看见了自己。友情跟爱情一样，往往是玄学。如果非要用理性来分析，到底是喜欢对方身上的自己，还是在对方身上看到自己想要成为的样子？或许两者兼有吧。

卧闲草堂还写过一句很深刻的评语："慎毋读《儒林外史》，读竟乃觉日用酬酢之间，无往而非《儒林外史》。"读《儒林外史》，一方面你会觉得周遭全都是《儒林外史》里的人，令人丧气；但另一方面也能让我们在日常生活中保持自审，并懂得宽和与谅解。如此冷热之间，我等普通人的友情才有存身之地吧。

两位夏安。

晓蕾

2023年7月19日

儒林第四·城市

第10封信

从故乡到大城市

秋水、杨早好：

今天跟一个朋友说到我们正在"慢炖"六大名著，她听到目前正读的是《儒林外史》，脱口而出："这书太没意思了！"吴敬梓写作时带着强烈的问题意识和现实忧患，针对的也是特定的知识群体，再加上书写得特别实在——没有水浒的飞扬，西游的天马行空，三国的宏大，也没有红楼的梦幻气质，确实读起来不容易有快感。

《儒林外史》实在到什么地步呢？杨早说，《水浒传》里的地理知识错得离谱，梁山好汉经常绕远路,有时竟然南辕北辙。虽然小说里的地名未必一定符合现实,但《儒林外史》是不会有这种低级错误的。比如马二先生游西湖的路线就十分精确;连续八年,我每年都去西湖边住几天,对这一带熟悉之后,方知吴敬梓多认真。马二先生住在断河头的文瀚楼,从钱塘门(古钱塘门就在现在的六公园码头)出发,到西湖沿上牌楼,到雷峰塔、净慈禅寺,累到直着脚走到了清波门,再回到住处。除了上牌楼,其他地名如今还在,算算马二先生这一趟来回,走了足足有十公里左右。

歇了一天,隔天他又去了城隍山(吴山),一路高高低低,风景秀美,右手边能看见雷峰塔和湖心亭,到吴相国伍公庙还偶遇了装神弄鬼的洪憨仙。吴敬梓顺便又解构了一把文人遇仙故事,被无情解构的还有"雪夜访戴"的故事。王子猷的诗意雪夜之旅,在《儒林外史》里成了闹剧,两位娄家公子访杨执中的故事让人着实哭笑不得;张铁臂以猪头冒充仇人的人头,显然是戏仿唐传奇里的侠客故事;鲁小姐醉心八股热衷举业,也解构了历代的才女形象;蘧公孙和鲁小姐的婚姻,解构的是才子佳人……当故事照进现实,原本的神圣、浪漫、传奇就纷纷变得滑稽了。

《儒林外史》的世界太结实了,密不透风。它是一本解构之书,原先的浪漫无处安放,传统的道路也变得

迷雾重重，书中人如在迷雾中穿行，看不清自己的来路与归途。读这样的小说，是需要给自己打气的，否则一不小心就照见了自己的卑琐。

讲真，我读这本书，读得蛮艰难的。

这期咱们的主题是"城市"。《儒林外史》有五十六回，涉及的地方可真多，浙江、山东、广东、江西、江苏、安徽、陕西、四川等省，还有北京，东西南北都齐了，颇有"天下"尽在其中之意。吴敬梓笔下的文人是最能跑的，第一个出场的儒林人物周进，家是在山东省汶上的，去济南做生意参加科举，最后又被派去广东做官。范进家在广东南海，中举后进京参加会试，考中进士后又被派到山东做官。当然，这样的流动属于奉旨行动，大多数文人的迁徙则是被生计所迫。

书中的文人主体是中低层文人，除了寥寥几个举人进士外，都是秀才或差不多的童生、廪生、贡生、监生，《儒林外史》之为"外史"，正是因为这些文人不上不下，无法归类。他们多数没什么祖业可以继承，又不能回头种田，生意也做不来，所做营生不外乎是坐馆、当幕客。总之，是一群在传统社会失去位置的流浪者，是不愿意脱下长衫只能站着喝酒的孔乙己。《儒林外史》就是把这样一群人，放到冷冰冰的生存现实中。

当幕客，其实也就是帮闲。自称"山人"的陈和甫，

"数十年以来,并不在江湖上行道,总在王爷府里和诸部院大老爷衙门交往"。还有牛布衣,他一开始是山东范学道的幕客,后又到浙江当了娄府的清客,他为人老成忠厚,不善揣合逢迎,晚年又流落到芜湖的甘露庵。"日间出去寻访朋友,晚间点了一盏灯,吟哦些甚么诗词之类。"但并未有朋友来回拜,跟他做伴的只有庵里的老和尚,最终孤独地客死他乡;鲍廷玺巴结杜慎卿,以"门下"自居,在席上吹笛"效劳",百般逢迎,而精明薄情的杜慎卿只当他是"干篾片",从五月初夏效劳"到七月尽间",只给了他几两银子,又打发他找"大老官"杜少卿。也有想做幕客而不得门路的,比如张静斋、严贡生在广东高要汤知县那里,就大大地吃了瘪。

做幕客仰人鼻息,早就谈不上什么人格了。坐馆,坑少萝卜多,也难得很。看周进在薛家集坐馆时所遭遇的市井冷眼,便知这饭碗也不容易端。那,如果想要保有相对尊严,又能养活自己,有没有别的路呢?

有,到商业发达的地方去,到城市去。《儒林外史》的世界里商业发达的城市,莫过于江南了。书里写到的江南城市,有乌镇、嘉兴、湖州、芜湖、杭州、扬州、苏州、安庆、南京等。

城市越大越发达,对普通人就越友好。在杭州、南京可以做"时文选家",为参加科举考试的文人提供教材教辅；选评墨卷的选家要熟悉科举考试规则，科场的成功人士不屑于干此营生，所以操此业者非不第文人莫属。比如马二先生就是此中行家，他还教会了初进杭州城的乡下青年匡超人。这个行业当然得益于明清江南发达的刻书业。杭州、南京有很多知名书坊和书商聘请文人，供应食宿，并付给相应酬劳。马二先生选书认真，字斟句酌，往往要花费数月，他在嘉兴选一部书，酬劳是一百两银子。匡超人是新人，报酬只有二两选金，亦可解燃眉之急。

选书能赚钱当然是因为市场庞大，马二先生在杭州西湖边闲逛，逛到一条小街上，除了酒楼、面店，还有几个簇新的书店，店里还贴着海报："处州马纯上先生精选《三科程墨持运》于此发卖。"南京的选书市场更大，江南贡院旁有一条专门卖时文的街道：

> 一路打从淮清桥过，那赶抢摊的摆着红红绿绿的封面，都是萧金铉、诸葛天申、季恬逸、匡超人、马纯上、蘧駪夫选的时文。

选书市场还催生了"中介"。季恬逸流落南京，没钱住宿，"每日里拿着八个钱买四个'吊桶底'（即圆烧饼）作两顿吃"，很快连吃饼的钱都没了。正好诸葛天申拿着钱来找选文的名士，季恬逸帮他牵线搭桥，赚了点钱，也吃起了肘子、板鸭和醉白鱼。如此种种，当然是繁荣富庶的江南城市才能提供的谋生之道。

在江南，还可以卖文为生。第三十六回有人托虞育德（即虞博士）写一篇碑文，"折了个杯缎表礼银八十两在此"，因为杜少卿刚到南京，又散尽家财手头拮据，他就把这个机会转给了杜少卿。还有一些底层文人，可以在市井混饭吃，比如陈和甫会算命扶乩、匡超人拆字、郭铁笔刻章……虽然挣钱不多，勉强糊口总是可以的。

江南城市间的水路交通也相当发达，为交游和迁徙提供了便利。从第八回开始，描写的中心渐移至江南，文人们在江南大小城市之间往复流荡，空间转换极快。杜少卿从南京去安庆，抬脚就走，回南京时：

> 大家靠着窗子看那江里，看了一回，太阳落了下去，返照照着几千根桅杆半截通红。杜少卿道："天色已晴，东北风息了，小侄告辞老伯下船去。"……在船歇宿。是夜五鼓，果然起了微微西南风，船家扯起篷来，乘着顺风，只走了半天，就到白河口。杜少卿付了船钱，搬行李上岸，坐轿来家。

倘若不是旅途囊中羞涩——去程当了一只金杯，回程还要靠朋友赞助——还真是挺愉快的旅程。尽管奔波很辛劳，但很少有人愿意留在家乡，因为家乡对他们并不友好。

《儒林外史》里的城市可以分成四个层级——乡村、城镇、区域中心城和京城，京城近乎虚写，不提，他们的故乡往往是乡村、城镇，类似现在的小镇青年。2023年杨早的《城史记》新书签售，我和秋水当嘉宾，不约而同说到我们身为小镇青年，很羡慕县城"阔少"杨早童年就有电影、美食和图书馆相伴。小镇的生活闭塞又苍白，往往连带着不太美好的风气。吴敬梓写到周进的薛家集，杜少卿的天长，以及余家兄弟的五河县，很多人说是夸张的讽刺，但"太阳底下没有新鲜事"，这样的人心和世情，可能潜伏在每个小镇，绝对真实。

杜少卿住在安徽天长，他身边的王胡子、臧三爷、裁缝……都很会向他哭穷借钱。他也根本不在乎别人是不是骗他，有求必应，大把银子送人，卖地的一千两银子很快就没了。来打秋风的鲍廷玺看见，吐着舌道："阿弥陀佛！天下那有这样好人！"我们都知道，杜少卿其实就是吴敬梓自己的化身，当年他在安徽全椒县因为遗产被族人觊觎，陷入了持续十几年的纠纷。他本来是二房的，被过继给长房，嗣父死后，本应该继承长房家产，但长房的人不认；生父死后，堂兄弟们又说他已经过继出去，也来跟他争二房的财产。吴敬梓性格孤高，激愤之下，索性把自己分到的家产或送或卖，都挥霍掉了。在文中，杜少卿被堂兄杜慎卿说是"大老官"。

我向南京一位前辈老师请教，南京方言里是否有"大老官"一说。他说这个词现在已经不用了，但听上一辈人说过，意思是虚头巴脑摆架子，充大头外加冤大头，他外婆就这样"骂"过他外公。考虑到杜少卿和吴敬梓的同构性，这算是他对过去的复盘和反思——被一群小人和自己的虚荣心架在了半空，一心扮演豪杰人设，最终耗尽了家财。在书中还有一个著名的势利乡五河县，县里愤世嫉俗、捉弄乡亲的虞华轩，其实也是吴敬梓的分身。吴敬梓三十三岁时，离开家乡到了南京，从此彻底和族人断绝往来，至死没有回乡。

从薛家集到天长再到五河县，并不是个例，跟鲁迅先生笔下的未庄和鲁镇一样，具有某种普遍性，是所有回不去的故乡的缩影。作家对故乡的态度可分为两类：一类是热爱，一类专门"泼污水"，我个人更喜欢后者。

杜家老管家娄太爷病重，放心不下杜少卿，叮嘱他：

> 你不会当家，不会相与朋友，这家业是断然保不住的了！像你做这样慷慨仗义的事，我心里喜

欢；只是也要看来说话的是个甚么样人。像你这样做法，都是被人骗了去，没人报答你的；虽说施恩不望报，却也不可这般贤否不明。你相与这臧三爷、张俊民，都是没良心的人。近来又添一个鲍廷玺，他做戏的，有甚么好人，你也要照顾他？若管家王胡子，就更坏了！……你眼里又没有官长，又没有本家，这本地方也难住。南京是个大邦，你的才情，到那里去，或者还遇着个知己，做出些事业来。这剩下的家私是靠不住的了！

老人家虽是乡下人，但世事洞明人情练达，早就看透世道人心。传统乡土社会按血缘和亲缘排序聚居形成家族，每个人都处在特定的关系网里，小地方宗族势力强，是典型的熟人社会。儒家有君臣、父子、兄弟、夫妇和朋友五伦关系，各有各的规则和门道，没有一对一平等、对等的交往，也没有个体的位置。一个人的价值要看他所处的"关系"，走向社会要"拉关系"，在这样的环境下，才华和性情都无用武之地。一腔赤子之心又慷慨自负的杜少卿（吴敬梓）自然待不住，他的人生注定要被虚掷被剥夺。大城市海阔凭鱼跃，有可能以才华和性情交友，做自己喜欢的事。

沈琼枝就明白这个道理，她不愿给盐商为妾，裹带若干细软逃离盐商大宅，寻思着如果回常州父母家，"恐惹故乡人家耻笑"，转念一想："南京是个好地方，有多少名人在那里，我又会做两句诗，何不到南京去卖诗过日子，或者遇着些缘法出来也不可知。"于是拿定了主意，到仪征再换江船，一直往南京去。

吴敬梓给予希望的四大市井奇人，都是住在南京这样的大邦。季遐年是城市无业者，寄住在寺庙里，靠卖字获取报酬；王太是卖火纸筒子的，爱下棋；盖宽是开茶馆的，爱画画；荆元是做裁缝的，爱好弹琴。他们当然是文化人，但不再依赖科举，远离体制，靠经商生活，以技艺安身，谋生与兴趣得以相互成全，反而获得了较大的自由。唐人李德裕说过一句话："好驴马不入行。"一旦被归了类，就容易被各种外在的教条规训，身不由己。而不被归类，至少会保有"我与我周旋久，宁作我"的从容。让四大奇人在薛家集或五河县试试？要么被唾沫星子淹死，要么穷死。像王冕那样无欲无求，在乡村画荷花自在生活，邻居都那么淳朴良善，是带了滤镜的，真实的王冕考过科举，屡试不第后便放弃了科举这条道路。

还是要到大城市里去。城市是一种新的文明形态，有新的伦理和新的精神，生命有更多的可能性。在南京，杜文卿可以拉着太太的手，一路说笑游玩，迟衡山说他是"奇人",虞博士夸他"风流文雅"。在他的家乡天长,恐怕又要被戳脊梁骨。

环境能成就一个人,也能扼杀他。所以,城市不仅提供更多的谋生机会,也是可能实现个人志趣和理想的所在。

乐蘅军先生认为,尽管吴敬梓写了这么多地方,看似杂乱,其实隐含一个内在的秩序。每一个角色都有自己的脉络和足迹,顺藤摸瓜,就会发现他们纷乱的脚步朝向的是同一个方向:南京。金圣叹说,第七十回《忠义堂石碣受天文 梁山泊英雄惊恶梦》"石碣受天文"是《水浒》全书一大结束,一百零八个好汉,到此都如"千里群龙,一齐入海";《儒林外史》里的文人们也以各种方式来到南京,群龙入海一般——杜少卿来了,马二先生来了,虞育德来了,蘧䮠夫、季萑、余夔、虞感祁、诸葛佑、景本蕙、郭铁笔们也来了,再加上辞官居住在玄武湖的庄绍光,南京城里的名士们济济一堂。

第三十三回,在一心恢复礼仪教化的迟衡山建议下,杜少卿等人慷慨捐资,众人要做一件大事:

> 盖一所泰伯祠,春秋两仲,用古礼古乐致祭;借此,大家习学礼乐,成就出些人才,也可以助一助政教。

儒家的政治蓝图过于天真迂腐，孔子不是一个好政治家，但他是一个好的教育者。良好的社会不能没有教育，所以孔子一心要搞礼乐文教来教化人，古希腊伯里克利说的"雅典是全希腊的学校"，亦属此意吧。作为一个纯正的儒者，吴敬梓对礼乐念兹在兹，花了整整一回全程记录了祭祀泰伯祠的场景，古乐铿然、佾舞皇皇……这一节文字庄重肃穆，好似插入全书心脏的一根楔子，并不是小说家言，而是吴敬梓的光荣和梦想。

这是杜少卿来到南京后，干出的一份事业，虽败犹荣。虽然最后一地荒芜，但青山不改，绿水长流，流风所至，五河县的虞华轩不就要修元武阁吗？

一写到南京，吴敬梓笔下就杂花生树，活色生香，文字格外松弛。他本人在南京生活二十多年，虽然生活贫困，但古都的文气属于治愈系。南京的气质很独特，作为六朝古都，保有了古都的氤氲之气。杜慎卿跟众人在雨花台看夕阳：

> 日色已经西斜，只见两个挑粪桶的，挑了两担空桶，歇在山上。这一个拍那一个肩头道："兄弟，今日的货已经卖完了，我和你到永宁泉吃一壶水，回来再到雨花台看看落照！"杜慎卿笑道："真乃菜佣酒保都有六朝烟水气，一点也不差！"

杜慎卿虽极自恋，人也凉薄，但审美一流。"菜佣酒保都有六朝烟水气"，是我见过的对南京最诗意的书写。

书中很多南京地名——清凉山、雨花台、玄武湖、莫愁湖、秦淮河、大报恩寺、三山街……如今也都有。杜少卿与武书一起游秦淮河，先从利涉桥（如今是南京的桃叶渡）杜少卿的河房起，沿秦淮河向西北到进香河，下午返回利涉桥，码头上看见沈琼枝挂的招牌，上岸吃茶，继续坐船到月牙池（现在的莫愁湖公园），碰到庄濯江等人的大船，最后共同返回利涉桥河房，据说行程耗时与地名完全符合明清时的南京。我在手机导航上搜这些地点，发现这条路线部分依然可通，还能坐船走一波。

秋水的"历史学人"播客，最新一期邀请了著名作家叶兆言老师聊南京，期待你写南京和《儒林外史》。杨早上个月刚带大家游了成都，不如再带我们，重温杜少卿的秦淮河？

安好呀！

晓蕾

2023年8月13日

第二封信

往大邦去

晓蕾、杨早：

晓蕾提到了《儒林外史》的"实"，不只是地理上的，也是人生境遇和世情人性的结实。所以前人会当头棒喝："慎勿读《儒林外史》，读竟乃觉日用酬酢之间，无往而非《儒林外史》。"换一个角度看，它实在是拥有了一种超越性——超越时空的永恒特征。故而我不同意晓蕾说《儒林外史》是一本虚无之书。它提供了一个真实世界：到处是卑劣、愚蠢、搞笑，平凡而琐屑；即便是真名士，也有真风流，但也会展露他们的天真、自相矛盾。正是为此，这部书里的种种场面才具有深度、美感和复杂性。

小说浓墨重彩描述的地方之一,是一个叫五河县的小城。我每次读到第四十四回至四十七回,都能感到作者从书中飘溢而出的愤懑。他精心塑造了一个小城青年虞华轩,很细致地交代了他的背景:

> 话说虞华轩也是一个非同小可之人。他自小七八岁上,就是个神童。后来经史子集之书,无一样不曾熟读,无一样不讲究,无一样不通彻。到了二十多岁,学问成了,一切兵、农、礼、乐、工、虞、水、火之事,他提了头就知到尾,文章也是枚、马,诗赋也是李、杜。况且他曾祖是尚书,祖是翰林,父是太守,真正是个大家。

出身不凡,自己又一路是学霸,可这样一个有来历的人,在五河县偏偏无比受屈。"无奈他虽有这一肚子学问,五河人总不许他开口",因这里是一个极度讲求现实的地方:"五河的风俗:说起那人有品行,他就歪着嘴笑;说起前几十年的世家大族,他就鼻子里笑;说那个人会做诗赋古文,他就眉毛都会笑。"也就是说,不论传统、德行,还是才华,都无人放在眼里。五河县人只关心一个符号"彭乡绅",因彭家中了几个进士,选了两个翰林，正是赫赫扬扬的时候。于是，彭乡绅就成了五河县的最高典范："问五河县有甚么山川风景，是有个彭乡绅；问五河县有甚么出产希奇之物，是有个彭乡绅；问五河县那个有品望，是奉承彭乡绅；问那个有德行，是奉承彭乡绅；问那个有才情，是专会奉承彭乡绅。"

真真把"势利"二字做到了极致，第四十六回干脆用《三山门贤人饯别　五河县势利熏心》这样的回目。未曾科举登顶的虞华轩生长在这里，守着几亩田园过活，跑不到别处，就"激而为怒"。此处总让我想到鲁迅的小说《孤独者》里的一个细节。在祖母葬礼上，反叛的孤独者魏连殳爆发了："忽然，他流下泪来了，接着就失声，立刻又变成长嗥，像一匹受伤的狼，当深夜在旷野中嗥叫，惨伤里夹杂着愤怒和悲哀。"虞华轩则选择带有恶作剧式的行为，去发泄心中的苦闷。他省吃俭用，每年都积攒下几两银子，然后就忽悠中介，说要买田买房，谈得差不多了，到签订契约那日，又嫌贵不头了。此前他作弄势利的成老爹一段，堪称大快人心，让他饿着肚子喝着陈茶，"成老爹越吃越饿，肚里说不出来的苦。看见他们大肥肉块、鸭子、脚鱼，夹着往嘴里送，气得火在顶门里直冒"。我每看到这里，总是乐不可支。鲁迅说自《儒林外史》问世，"于是说部中乃始有足称讽刺之书",借由对成老爹的薄惩,讥讽五河县人的入骨势利——势利非为有益,竟被奉为圭臬,势利成为势利的终极目标,这是何等可笑,又是何等悲哀!

虞华轩跟成老爹提起送婶母入节孝祠的事,说自己当日去送八房的叔祖母,而成老爹的反应是冷笑道:"你八房里本家穷的有腿没裤子,你本家的人,那个肯到他那里去?连你这话也是哄我顽,你一定是送方老太太的。"五河县人惯会以己度人,攀附富贵荣华,什么亲情孝悌,都只是纸上文章,当不得真。当真去做的人,就是别人眼中的呆子、傻子。虞华轩的表亲余大先生做了一句话总结:"我们县里,礼义廉耻,一总都灭绝了。"

不晓得你们看这里,是什么感觉?一般认为,虞华轩身上有作者吴敬梓的影子,而五河县就是他所痛恨的老家安徽全椒的写照。我则总会想到老家的晋北小县城。人们虽长得千人千貌,见识却像是一个模子刻出来的。就像有个点评说,"遍地如此,岂特五河?"我倒不觉得势利是大问题,这既是人的天性,也是生存所需。真正的问题在于,"彭乡绅"们代表了高度集中的优势资源,而五河县则是一高度封闭内卷的社会。我在这里看到的是权势的森森寒意,它从表层的利益追逐,渗透到人们的血液里，体现在他们的行动上，也体现在他们的灵魂中。即便脱俗者如虞华轩，他和表亲余大先生闲聊的几句，"举人、进士，我和表兄两家车载斗量，也不是甚么出奇东西"，看似洒脱无谓的背后，也是深深的傲娇呀。五河县的气息其实也萦绕其中，"彭乡绅"的寒意也和他血脉相连。人的灵魂被他所处的环境所污染，这是大作家契诃夫小说的常见主题。虞华轩对体制在本质上是认可的，他所追求的是道德加持（礼义廉耻），但这二者本身，必然无法真正成就。文行出处，礼、乐、兵、农这些，可以作为点缀式存在，但无法解决真正的问题。这里确实能看出吴敬梓作为作家的伟大之处。他已察觉统治秩序是一种祸害，他也知道他所讽刺的儒林众人也是被规训而成，他在讥讽他们的同时，也对自己的灵魂冷笑，譬如功名是如此虚妄，但又如此令人眷念。他痛恨全椒，毁家移居南京，晚年治经学，将其视作"人生立命处也"，在久远的原典里慰藉心灵，可能是一种无望中的探索吧。

我们都多次引用聪明的老人家娄太爷对杜少卿的劝告："南京是个人邦，你的才情，到那里去，或者还遇着个知己，做出些事业来。这剩下的家私是靠不住的了！"杜少卿听了这话，到了南京，有了三五知己，事业有限，但毕竟人生过得愉快些。如果说五河县是普遍的内卷的单一现实，那么大邦南京则拥有丰富的多层空间。

这个大邦的第一层空间是地理意义上的。

像杜少卿一样，吴敬梓来到南京，住在秦淮河畔的河房，过完了后半辈子，自号"秦淮寓客"。他给南京写了二十三首情诗，歌咏这里的名胜山水。秦淮河就像一个旋涡，吸引着像吴敬梓这样的南漂们。作为南京城内一条重要的水系，秦淮河从东水关到西水关足有十里，它担负着水运的功能，又是一条重要的景观河，流经南京城南最为富庶繁华之地，是南京市民生活的精神核心。《儒林外史》里这样描述梦幻般的夜景：

> 到晚来，两边酒楼上明角灯，每条街上足有数千盏，照耀如同白日，走路人并不带灯笼。那秦淮到了有月色的时候，越是夜色已深，更有那细吹细唱的船来，凄清委婉，动人心魄。两边河房里住家的女郎，穿了轻纱衣服，头上簪了茉莉花，一齐卷起湘帘，凭栏静听。所以灯船鼓声一响，两边帘卷窗开，河房里焚的龙涎、沉速，香雾一齐喷出来，和河里的月色烟光合成一片，望着如阆苑仙人、瑶宫仙女。

文士和妓子都爱河景房，也即小说中的"河房"。此种水阁式建筑分布在秦淮河两岸，轩窗临河，雕梁画槛，南北相望，有的房子前还要留出空地，打理成一个小花园。《秦淮志》里如是描绘："（金陵）临河人家，虽小小水阁，布置亦皆精雅。夕阳既下，湘帘齐卷，盆花茗碗，处处怡人。新月东升，羊灯不耀。闺人浴罢，凭栏照影。鬓边襟上，香雾四溢。游船过之，疑为天上清都矣。"第三十三回，杜少卿到南京，做的第一件事就是找房。

当下走过淮清桥。迟衡山路熟，找着房牙子，一路看了几处河房，多不中意，一直看到东水关。这年是乡试年，河房最贵。这房子每月要八两银子的租钱。杜少卿道："这也罢了，先租了住着，再买他的。"南京的风俗是要付一个进房，一个押月。当下房牙子同房主人跟到仓巷卢家写定租约，付了十六两银子。

落魄旧家、应试文人、外籍官员们都在这里寻找同好，骀荡度日。小说中不厌其烦描述各路人马的快乐生活。汤大爷兄弟见"河对面一带河房，也有朱红的栏杆，也有绿油的窗槅，也有斑竹的帘子，里面都下着各处的秀才,在那里哼哼唧唧的念文章",而两兄弟租住的是朝北的河房,"三间倒坐的河厅"。第四十一回,杜少卿和武书游河,从杜家所在利涉桥河房出发,由东南向西北方向,要到"淡冷处走走",两人一路吃酒看风景,到香河,下午又原路返回利涉桥上岸,之后又在船上饮茶直到夜里,西行至文庙月牙池,碰到庄濯江的大船,最后返回居住地。这是实打实的秦淮一日游。

逸乐和风雅制造了这个城市的逸事和传奇,让秦淮河成为甜美、放荡的记忆之所。17世纪的文人余怀在《板桥杂记》里就重建了这个城市的独有氛围:

> 当是时,东南无事,方州之彦,咸集陪京。雨花、桃叶之间,舟车恒满。余时年少气盛,顾盼自雄,与诸名士厉东汉之气节,谈六朝之才藻,持清议,矫激抗俗。

在秦淮河之外,小说里另外的标志性地理空间是雨花台。最后一回里,盖宽和邻人在雨花台绝顶,"望着隔江的山色岚翠鲜明,那江中来往的船只,帆樯历历可数;那一轮红日,沉沉的傍着山头下去了"。这样一个俯拍全景镜头,和之前俩人在泰伯祠所见的中景,"望见泰伯祠的大殿,屋山头倒了半边",另有几个近景,

"来到门前，五六个小孩子在那里踢球，两扇大门倒了一扇，睡在地下"；"三四个乡间的老妇人在那丹墀里挑荠菜，大殿上槅子都没了。又到后边五间楼，直桶桶的，楼板都没有一片"，这一组镜头抒情意味浓厚，令人陷入时间的旋涡中，在或磅礴或日常的景象中，深入历史和道德中，既为有限而哀伤，也为无限而叹惋。"自古以来几千万年日日如此"，天目山樵在"一轮红日"夹批中这样说。我也是这次再读，才被这一段深深吸引。

大邦南京庇护各色儒林，中下层士人们在这里发展出另外一套人生哲学和生活实践。还是在最后一回里，四大奇人之一的荆元去城西清凉山拜访一位老朋友。

> 他有一个老朋友，姓于，住在山背后。那于老者也不读书，也不做生意，养了五个儿子，最长的四十多岁，小儿子也有二十多岁。老者督率着他五个儿子灌园。那园却有二三百亩大，中间空隙之地，种了许多花卉，堆着几块石头。老者就在那旁边盖了几间茅草房，手植的几树梧桐，长到三四十围大。老者看看儿子灌了园，也就到茅斋生起火来，煨好了茶，吃着，看那园中的新绿。

荆元对此有一番评论："古人动说'桃源避世'，我想起来，那里要甚么'桃源'！只如老爹这样清闲自在，住在这样城市山林的所在，就是现在的活神仙了！"早在第三十三回，杜少卿携妻子游览清凉山，"一边是清凉山，高高下下的竹树；一边是灵隐观，绿树丛中，露出红墙来，十分好看"。《儒林外史》发展出带有精神属性的地理空间，也就是荆元所说的"城市山林"。庄绍光在玄武湖的居所也是这样的城市山林。

而这背后的支撑是明清以来南京繁盛的商业，这是作为物质文化空间的南京。《儒林外史》里提到的丝织业、刻书、制扇这样的手工业，正是南京的支柱产业。杜慎卿本好男风，娶了一房小妾，公开的理由是子嗣大计，而她家便是开机房的富户。杜慎卿这个人，看上去雅得要命，实则世事洞明得很，难说没有经济方面的考量。你看他对鲍廷玺，明明对方奉承了那么久，他还是推给了人傻钱多的杜少卿。南京的折扇也备受人们喜爱；莫愁湖大会，杜慎卿给优伶的奖品中，便有诗扇。

对中下层文人来说，最重要的一个行业可能是刻书业。王玉辉女儿殉夫自尽，他想外出散心，首先想到的便是去南京，"那里有极大的书坊，还可以逗着他们刻这三部书"。第二十八回里诸葛天申带了几百两银子来状元境刻书。状元境正是书坊集散地，据考，明代南京书坊数量居全国之首，有官营书业，也有私人书坊，许多都延续至清代。商业需求给了士人们一个谋生手段。季恬逸因缺少盘缠，没钱住店，也吃不饱饭，晚上在刻字店里的一个案板上睡觉，来了个及时雨诸葛天申，靠着选时文过上了好日子。钱用得差不多了，他心里没底，和同事萧金铉说出了自己的担忧，不知道书将来发行如何。萧金铉则完全没有道德顾虑："这原是他情愿的事，又没有那个强他。他用完了银子，他自然家去再讨，管他怎的！"第四十二回，汤家两兄弟去贡院的路上，"一路打从淮清桥过，那赶抢摊的摆着红红绿绿的封面，都是萧金铉、诸葛天申、季恬逸、匡超人、马纯上、蘧䮾夫选的时文"。选文、润笔，虽收入不稳定，总还是一条谋生之道。这是大邦才有的包容之处。

咱们仨都算是小镇青年，每每聊天，我和晓蕾对小镇都无留恋，都主张要往大邦去，盖因大邦意味着丰赡和自由。

祝安！

秋水

2023 年 8 月 15 日

第12封信
吴敬梓的《城史记》

晓蕾、秋水：

这个夏天我过得狼狈极了。你们都叫我"杨跑跑"，为了推我的新书《城史记》，上海、成都、昆明、贵阳……到处跑，大部分时候是我唱独角戏。回想起来，还是咱们仨在首都图书馆三人谈比较愉快，可惜你俩没去吃饭，没体会到北京东南角的美食。

《城史记》副题是"我读过的十座城市"。其中有我自己长居过的富顺、成都、广州、北京，而另外的上海、天津、高邮、南京、西安、合肥，莫不是"以实地访问+文学文本+历史研究"的方式构成了我对城市的解读。每个城市都那么大，一己之力难以遍及，因此主要还是依靠观察与想象。晓蕾列出《儒林外史》涉及那么多的省份与城市，还没有穷尽——汤镇台剿苗的贵州镇远，现在可也是将《儒林外史》中描写当地的段落当成旅游的噱头印在手册上哩。我觉得从城市的角度，也可以将《儒林外史》看成是吴敬梓撰写的一部《城史记》。

我在《城史记》里也提到过《儒林外史》，不是南京那篇，而是写我中学生涯的《初三的城市漫游》，你们记得吗？

> 过了一个学期，进入考前冲刺阶段，还从家里带了一本人民文学社1981年版的《儒林外史》。有时中午去如厕，也带着书。那本书实在太厚，终于有一次在挡板上没搁牢，掉进了厕坑里。Ade[①]，我的杜少卿和匡超人！

我就是那时候入了《儒林外史》的坑，一直到现在。说来也有三十五六年啦。

跟其他几部名著扑朔迷离的作者身世相比，《儒林

---

① Ade：在德语中意为"再见"。

外史》的版权太过确定，吴敬梓的身世太过清楚，对于传播来说，也是一个弱点——缺乏传奇性。不过从城史记角度看，吴敬梓的行踪分明，又提供了很有意思的观察角度。

吴敬梓生在安徽全椒，十四岁随嗣父吴霖起到江苏赣榆，时常往来两地，二十二岁父亲罢官，吴敬梓随着回到全椒，三十三岁愤然移家南京。之后的二十年间，常往来于真州、扬州、淮安一带，也到过苏南的溧水、高淳、浙江的杭州等地（这些都能从《文木山房集》与集外诗文中找到），直到五十三岁客死扬州。大致可以判定，终其一生，吴敬梓足迹不出江浙皖三省。

这在当时的文人来说，已经不算闭塞了。至于书中写到的许多地方，虽然吴敬梓可能也不曾到过，但知晓其中地理形势，带着这份背景知识看，会得到更有意思的阅读感受。你们不信的话，我举个小小的例子：

《儒林外史》里最有名的人物之一，无疑是范进。范进是广东南海人，范老太太去世后，张静斋约他去范进的房师、高要县汤知县那里打秋风，由此引出严贡生、严监生许多人事。按说吴敬梓是不曾去过广东高要的，但他写张静斋、范进逃出高要县时：

幸得衙门后身紧靠着北城，几个衙役先溜到城外,用绳子把张、范二位系了出去,换了蓝布衣服,草帽、草鞋,寻一条小路,忙忙如丧家之狗,急急如漏网之鱼,连夜找路回省城去了。

我检索了很久,都未能找到明清的高要县城地图,因此无法判定吴敬梓言之凿凿的"衙门后身紧靠着北城"是想当然呢,还是曾经见过舆图。只是后文又有一处,严贡生状告弟媳:

那汤知县也是妾生的儿子,见了覆呈道:"'律设大法,理顺人情',这贡生也忒多事了!"就批了个极长的批语,说:"赵氏既扶过正,不应只管说是妾。如严贡生不愿将儿子承继,听赵氏自行拣择,立贤立爱可也。"严贡生看了这批,那头上的火直冒了有十几丈,随即写呈到府里去告。府尊也是有妾的,看着觉得多事,"仰高要县查案。"知县查上案去,批了个"如详缴"。严贡生更急了,到省赴按察司状,司批:"细故赴府县控理。"

你俩道我为啥要引这一段?看上去也没啥啊。然而,如果了解当时高要县的地理位置和治所,观感立刻

就会不同。据查，唐、宋、元、明、清等朝代，高要县或属高要郡，或隶端州及肇庆府等，几经更替，然一直以端州（即今肇庆）为治所。也就是说，严大老爷从县衙门出来，去府里告状，又被驳回县里重审，其实不过是在两三条街上跑来跑去，想到这里，一种喜剧感油然而生。后来是省控、京控，又是另起了一段。我们看吴敬梓这样流水价写下来，他应该知道高要"附郭"的情形。俗话说："三生不幸，知县附郭。三生作恶，附郭省城。"汤知县这个官并不好做，你看严贡生说了："我这高要，是广东出名县分。一岁之中，钱粮耗羡，花、布、牛、驴、渔、船、田、房税，不下万金。……像汤父母这个做法，不过八千金；前任潘父母做的时节，实有万金。"知道这些信息，高要县的形象是不是就不那么平面了？其中发生的故事，读起来也就更有意味了。

像这种小细节，书中尽有。比如张静斋送范进的房子，在南海县"东门大街"，这里是虚写乎？实写乎？明清时县城格局，无非东南西北四条大街呈十字排列，但每条街的功用并不相同。南海县治在今佛山，枉自我在那里读了三年高中，一点儿探寻的冲动都没有，只顾得上去看了康有为的故居（也很好看）。

而且吴敬梓写地方风土，比如地理、物价，都非常"实"。我们现在都知道《水浒传》里的兵器样式如朴刀、家常用度如酒饭，大多不是宋时状况，而是明代的实情，而《西游记》里火焰山的糕只卖一文，也是明代中叶的物价。那么，严大老爷从广州发两只大船回高要，签定十二两银子，这是明时的价格还是清时的价格？是高要的价格还是江南的价格？我们实在不知道吴敬梓在资料上下了哪些功夫，现在也就无以判定。但这些地方也就留下了一个个小小的谜团，将来研读史料或实地考察，大可随手求证。这是我自己用城市生活眼光读《儒林外史》的小乐子，倒不一定推广。

你们都说《城史记》里写得好的，是富顺、成都、广州。究其原因，无非是"谙熟＋喜欢"。《儒林外史》里当得上这两点的城市，只有南京。我知道秋水也要写南京，本想回避一二，但一查，全书提到南京，有将近150处。那么大可各写各的。

南京头一次在《儒林外史》中露面，已经到了第二十四回，鲍文卿救了向知县，自回南京整理旧生涯。明代的留都南京，在吴敬梓笔下徐徐展开了它的雄阔与壮丽：

> 这南京乃是太祖皇帝建都的所在，里城门十三，外城门十八，穿城四十里，沿城一转，足有一百二十多里。城里几十条大街，几百条小巷，都

是人烟凑集,金粉楼台。城里一道河,东水关到西水关,足有十里,便是秦淮河。水满的时候,画船箫鼓,昼夜不绝。城里城外,琳宫梵宇,碧瓦朱甍,在六朝时是四百八十寺,到如今何止四千八百寺?大街小巷,合共起来,大小酒楼有六七百座,茶社有一千余处。不论你走到一个僻巷,里面总有一个地方,悬着灯笼卖茶,插着时鲜花朵,烹着上好的雨水,茶社里坐满了吃茶的人。

寺庙多,酒楼多,茶社多。这便是作者笔下的南京给读者的第一印象。有意思的是,吴敬梓有很强的文体感,有明确自觉的小说家意识,他的叙事口吻是下沉的,是更有物质感知的,南京的大数据,不仅是四千八百寺,六七百座酒楼,一千余处茶社,还有:"这聚宝门,当年说每日进来有百牛千猪万担粮,到这时候,何止一千个牛,一万个猪,粮食更无其数。"千牛万猪的南京,好有生活的实感!但吴敬梓在《移家赋》里就不是这样描写南京了:

诛茅江令之宅,穿径谢公之墩。乌衣巷口,燕子飘零,白板桥边,渔舟欸乃。苔殷蛩紫,凄凉何代江山,断碣缭垣,寂历前朝陵树。帘开昼永,雀作嘉宾；户冷宵澄，鱼为门钥。具崔洪之癖，不言货财；读潘尼之诗，易遗尺璧。

两相对读，呈现的是南京这座城市的两面性。南京的复杂有趣恰在此处，六朝金粉古都气象，与人间烟火市井喧嚣是并存的。

文人怀古的一面，朱自清谈过，是"逛南京像逛古董铺子，到处都有些时代侵蚀的遗痕。你可以摩挲，可以凭吊，可以悠然遐想……这些也许只是老调子，不过经过自家一番体贴，便不同了"。(《南京》)又或是女作家方令孺所说："有一班住在南京稍久的人，看见这里变成日渐繁荣的都市，心上很觉得不安，谁都在心坎上留着一个昔日荒凉的古城的影子，像怀念一个老友似的，看见一切都在渐渐变更了，心里就起了一股怨气，真像对一个老朋友说：你'不念携手好，弃我如遗迹'一样的悲伤。每逢走出家门总找那些没有开辟的小路走，眯着眼笑，说：这还是十年前的古城呢。"(《南京的骨董迷》) 南京的古都感是层层叠叠的，唐宋怀念着六朝的云烟，明清遐想着唐宋的风流，晚清忆记太平之乱前的繁华，民国又夸饰鼎革前的古意。但是，这座被反复攻占毁弃的悲情都市，总能复兴，繁华如旧，才是南京的生命力所在。你们喜欢称引的两个挑粪桶的卖完货后，到永宁泉吃一壶水，回来再到雨花台看看落照，有意思的地方其实在于风雅不妨碍挑粪桶，六朝烟水气是有的，但菜佣酒保，仍在过他的寻常日脚，这才是城市生活最让人感动之处。

我认为吴敬梓是懂这一点的。你看他写庄征君得了玄武湖，文人趣味的描写只八个字"湖光山色，真如仙境"，作者更在意的反是"那湖中菱、藕、莲、芡，每年出几千石。湖内七十二只打鱼船，南京满城每早卖的都是这湖鱼"。看到这些地方，每每遐想文木老人绝非坐下只能谈诗论礼、吟风弄月的迂夫子，而是可以谈吃讲喝、专情物质文化的我辈中人。马二先生游西湖，眼中不见女人只见吃食，是很好的城市漫步方式，独沽一味，反而显得性情。我不是说过评价名著，要看书中吃食能否令我馋涎欲滴吗？《儒林外史》里的食物就总能充满原始的诱惑，"肘子、鸭子、黄闷鱼、醉白鱼、杂脍、单鸡、白切肚子、生煼①肉、京煼肉、煼肉片、煎肉圆、闷青鱼、煮鲢头，还有便碟白切肉"，好诱人啊！让我想起汪伪窃踞南京时，汪精卫独嗜马祥兴"美人肝"这道菜（鸭胰子配鸡脯，用鸭油爆炒），往往在夜深人静时感到肚中饥饿，派秘书到城外"马祥兴"购

---

① 煼（chǎo）：古同"炒"。

买此菜。守城宪兵一开始要求说明出城理由，熟稔之后，只要见到汪精卫秘书车到，就会笑喊"放'美人肝'出城"。这就是南京美食的魅力。

晓蕾让我讲讲秦淮河，这确实是南京城市生活的又一面。在吴敬梓笔下，秦淮河是这样的：

> 到晚来，两边酒楼上明角灯，每条街上足有数千盏，照耀如同白日，走路人并不带灯笼。那秦淮到了有月色的时候，越是夜色已深，更有那细吹细唱的船来，凄清委婉，动人心魄。两边河房里住家的女郎，穿了轻纱衣服，头上簪了茉莉花，一齐卷起湘帘，凭栏静听。所以灯船鼓声一响，两边帘卷窗开，河房里焚的龙涎、沉速，香雾一齐喷出来，和河里的月色烟光合成一片，望着如阆苑仙人、瑶宫仙女。还有那十六楼官妓，新妆炫服，招接四方游客。真乃"朝朝寒食，夜夜元宵"！

那秦淮河河房的好处，张岱《陶庵梦忆》说得透彻："秦淮河河房，便寓、便交际、便淫冶，房值甚贵，而寓之者无虚日。画船箫鼓，去去来来，周折其间。河房之外，家有露台，朱栏绮疏，竹帘纱幔。夏月浴罢，露台杂坐。两岸水楼中，茉莉风起动儿女香甚。女各团

扇轻纨，缓鬟倾髻，软媚着人。"无怪全椒迁来的大老官吴敬梓，拼却挥霍卖房卖地的钱，也要住在"秦淮水亭"（即河房）；帮朋友付河房的房租，也是写实。他还作词曰："人间世，只有繁华易委。关情固自难已。偶然买宅秦淮岸，殊觉胜于乡里。饥欲死，也不管，干时似浙矛头米。身将隐矣。召阮籍嵇康，披襟箕踞，把酒共沉醉。"（《买陂塘》）吴敬梓终生不善治产，却能拼将身家买风月，我们不能不感慨杜娘子之贤惠，与元稹妻将钗换酒相类。

吴敬梓的轻财浪掷让千年之后的读者为他捏一把汗。但《儒林外史》确乎留住了秦淮娱乐在南京城市生活中那无尽的斑斓色彩。第三十回《爱少俊访友神乐观　逞风流高会莫愁湖》看得人"目眩神摇"。通省戏子一百三十多班，杜十七老爷杜慎卿一封帖子发出，来了六七十个戏子，"一个个装扮起来，都是簇新的包头，极新鲜的褶子"，轮番歌舞登场，好似今日的选秀大赛，"到晚上，点起几百盏明角灯来，高高下下，照耀如同白日；歌声缥缈，直入云霄。城里那些做衙门的、开行的、开字号的有钱人，听见莫愁湖大会，都来雇了湖中打鱼的船，搭了凉篷，挂了灯，都撑到湖中左右来看。看到高兴的时候，一个个齐声喝彩，直闹到天明才散"。

不只是这一日一夜的风光，大会之后，评委们出了花榜，挂在水西门口，六十多位旦角都按名次取在上面。那些取在前十名的小旦，相与的大老官都得意非凡，"也有拉了家去吃酒的，也有买了酒在酒店里吃酒庆贺的；这个吃了酒，那个又来吃，足吃了三四天的贺酒。自此，传遍了水西门，闹动了淮清桥，这位杜十七老爷名震江南"。

你以为上述这些就是南京城市日常、吴敬梓精神生活的全部吗？不，在吴敬梓/杜少卿眼中，南京真正的盛会，是"众高士雨花台祭泰伯祠"，什么"两边百姓，扶老携幼，挨挤着来看，欢声雷动"，什么"我们生长在南京，也有活了七八十岁的，从不曾看见这样的礼体，听见这样的吹打！"少时读《儒林外史》，以为这些描写不过是文木老人拯风起俗的想象；后来读到他的《金陵景物图诗》"雨花台"，道是"近年冈下建仓颉庙，郡中士人大夫春日以牲牷酒醴致祭庙中，奏古乐，用佾舞，每倾城往观。此殊有三代报赛风，不似笃信浮屠者，梵呗喧天，香花匝地而已"，可见当日确有此盛况，而吴敬梓也出钱出力不少，又耗去了一大笔卖田卖房的余钱。

当日士夫以此热闹景象，与"笃信浮屠者"争雄，也不能不说是他们抱持自己的信仰与情怀，在"礼的转折时代"所付出的巨大努力。我们不要轻易哂笑前人，不要因为还不上两三年，泰伯祠已经凋敝不堪，"屋山头倒了半边""大殿上桷子都没了""后面五间楼，直桶桶的，楼板都没有一片"，只有五六个小孩子在那里踢球，三四个乡间老妇在丹墀里挑荠，就怀疑当时众祭泰伯祠的意义。就像咱们现在"慢炖"《儒林外史》及诸名著，或许流量、影响远敌不过五分钟的短视频解读，但那又如何呢？眼里看得见末世，仍努力发出声光，不正是吴敬梓、曹雪芹这些前贤值得咱们仿效的吗？

　　书不尽意，唯颂文安。

杨早
2023 年 8 月 16 日

儒林第五·家庭

第13封信 软饭硬吃的赘婿们

晓蕾、秋水：

你们大概会奇怪，为啥这个月一开头我就着手写信了？因为这个题目，在我心中藏了很久，干脆就早点把它讲出来。想看看你们从自己的角度，能回应点啥？

对了，我想讲的就是：赘婿。

小时候我就有"倒插门女婿"的印象。但你要说具体谁是，我倒也说不出来。综合书本阅读与大人们的言谈，倒插门女婿总括起来的特质大概就是：男人结婚后住在女方家里，房子是女方父母的财产，生的孩子跟女方姓，叫女方父母为爷爷奶奶。倒插门女婿在家里在社会上都没地位，被人轻蔑耻笑，等等。

最近几年，网文里突然兴起了"赘婿流"，最出名的当然是"愤怒的香蕉"所著的那本《赘婿》。据业内人士分析，赘婿文大都有以下特点：主角是上门女婿，以此身份建立核心冲突并贯穿全文；主角最开始的生活一定会受到女方家庭的打压；主角实际上是个大人物，能力很强。更有意思的是赘婿文的读者画像："编辑们发现，关注赘婿内容的读者以男性为主，平均年龄41.4岁，超过50%的读者年龄都在40岁以上。他们很多都是已婚或中年男士，个人收入和家庭收入普通，生活节奏比较稳定，每天有较多时间阅读小说。"（《中年男人的心灵秘密，藏在赘婿文里》，《新周刊》2021年3月）

《新周刊》这篇报道里还提到，北京大学中文系博士生蔡翔宇在论文《假升级、真打脸：逃离不了家庭的赘婿》里总结，赘婿文有两个显著特点：一是升级的无效化。升级或许存在，但缺乏意义。因为男主本身足够强大，同时反派足够弱小，无论升级与否，只要男主出手都是碾压性的胜利。这是一种彻底的"不劳而获""机械降神"，或许也可以说明，喜欢这类文章的读者已经无意于努力与阶级的攀升，等级在他们的环境中已经板结，他们无法再对升级共情。二是逃离不了的家庭。赘婿文的主角有些是隐藏身份或失忆的富二代，有的因父亲或母亲病重需要钱才选择入赘，真正的父母双亡并没有作为绝对主流的类型存在。在一部分赘婿文中，男主原生家庭的影响甚至被摆到台面上，作为剧情的关键因素推动故事。

所以是否可以总结为：热极一时的赘婿流，其实在迎合生活中饱受压抑之苦的中年男性？同时成为热点新闻的，是被称为"中国赘婿之都"的浙江萧山。在十几年前，就有媒体报道《浙江萧山盛行招赘成俗，成批富家女苦等上门女婿》。文章中写道："有近300名读者自荐，录取率、竞争率不亚于考研考公。"而婚介所老板称"原来登记入册要招赘婿的有2000多户，现在还有500多户"。所以，在大家的想象里，这些热衷于"赘"入富家的女婿们，一边经营着家族企业，一边打开手机读了一篇又一篇赘婿文，在虚拟的世界里寻找虚拟的尊严。哦哟，画面感不要太强是吧！

不过，在没有获得真实可靠的社会学调查资料之前，我不会轻易相信这种媒体制造的神话。我感兴趣的，是商品经济的法则如何颠覆中国传统男尊女卑的婚姻观，这种颠覆又是如何在流行小说的文本中呈现的。

《儒林外史》中共有六位赘婿，七次入赘，可以分为以下模式：

一、蘧公孙、匡超人（第二次婚姻）是读书人入赘官宦人家；

二、匡超人（第一次婚姻）是读书人入赘胥吏家；

三、牛浦郎、季苇萧是读书人入赘商户；

四、鲍廷玺是优伶入赘胥吏家；

五、陈和甫儿子是相士入赘市民家。

《儒林外史》中的人物聚集于儒林，但所写赘婚中读书人为多，也是明清社会的实情。因为在科举社会，读书人本也是最受追捧的潜力股。小说戏曲中为了突出"装逼打脸"的爽感（这一点可不是当下网文独有的），一般会让父母扮演嫌贫爱富眼皮子浅的蠢人（网文中甚至玩出了"退婚流"，都是开局就退婚），而将慧眼识人的重任交给红粉佳人，所谓"私订终身后花园，落难公子中状元"就是典型的天使轮投资。这种模式应用之广，以至网上有个段子，说小姐准备了无数锦帕玉佩，见一位才子就送一份，广种薄收，几十位才子里总会有人出头……自然，现实中还是家庭做主的多。商户或胥吏，都是属于有经济实力但缺乏社会地位的群体，他们招读书人为赘婿，自然需要对方展示出将来飞黄腾达的潜力。

比如黄客人救了牛浦郎，进而把第四个女儿招他为婿，主要是看在牛浦郎"果然同老爷相与，十分敬重"，而牛浦也顶着名士牌头，"三日两日进衙门去走走，借着讲诗为名，顺便撞两处木钟，弄起几个钱来"。牛浦前面的婚姻，虽然是他祖父与卜老"见亲做亲"，但祖父去世后，"牛浦两口子没处住，卜老把自己家里出了一间房子，叫他两口儿搬来住下"，其实也等于是招赘；而牛浦的攀附董老爷，也与后来一般无二，只是卜家兄弟看不出牛浦做法的前途，"卜诚道：'没的扯淡！就算你相与老爷，你到底不是个老爷！'"牛浦与卜家兄弟一番争执，最后被兄弟二人赶了出去。两相对照，倒也不能说卜家兄弟无远见，只是卜家是本分人，不像黄家心性灵活，而牛浦冒名相与的董老爷，也不是地方当管的知县。从牛浦的际遇我们可以看出，官—商—读书人这三个群体完全可以通过婚姻—交游的模式进行联合，谋取共同的利益。读书人能够攀附官员，自然狐假虎威，商户以联姻为手段，谋求与权力的联合，是当时常见的现象。

相比于商户，胥吏本来就是权力体制的基础与附庸，他们更有强烈的动机追求与官员（权力）的媾和。这些关系里不同的个体利益也很值得玩味。像潘三给匡超人说郑家女儿：

潘三道："你现今服也满了，还不曾娶个亲事。我有一个朋友姓郑，在抚院大人衙门里。这郑老爹是个忠厚不过的人，父子都当衙门，他有第三个女儿，托我替他做个媒。我一向也想着你，年貌也相当。一向因你没钱，我就不曾认真的替你说。如今只要你情愿，我一说就是妥的。你且落得招在他家，一切行财下礼的费用，我还另外帮你些。"

果然，匡超人娶亲，只出了十二两银子，换几件首饰，做四件衣服，就把亲事办了，跟媳妇成过亲也是先住在丈人家，满月后才典屋搬出去。整桩婚事都是潘三主持，显然，潘三也是要借匡超人的读书人身份，来加强与抚院衙门里郑老爹的关系。

后来潘三犯了事，匡超人要出逃避风头，但对娘子说的是"我如今贡了，要到京里去做官。你独自在这里住着不便，只好把你送到乐清家里去。你在我母亲跟前，我便往京里去做官。做的兴头，再来接你上任"。娘子不肯离家，匡超人哄她说："我去之后，你日食从何而来？老爹那边也是艰难日子，他那有闲钱养活女儿？待要把你送在娘家住，那里房子窄，我而今是要做官的，你就是诰命夫人，住在那地方不成体面。"娘子再三再四不肯下乡。后来匡超人动用了丈人丈母来劝娘

子,"丈母也不肯",只有"那丈人郑老爹见女婿就要做官,责备女儿不知好歹,着实教训了一顿"——这里可以看出,一家之中,也有价值观的差异,"做官"两个字对于郑老爹有莫大的诱惑力,也是他当初招赘匡超人的动因。但对于家中的女性(丈母、娘子)来说,安稳日子是更重要的。

无独有偶,读书人入赘官宦之家,也有类似的价值观差异。蘧公孙入赘鲁翰林家,丈人与娘子都无比盼望他在仕途上奋发上进,鲁小姐辩驳母亲时所说:"母亲!自古及今,几曾看见不会中进士的人可以叫做个名士的?""'好男不吃分家饭,好女不穿嫁时衣。'依孩儿的意思,总是自挣的功名好。靠着祖、父,只算做不成器。"鲁小姐是非常坚定的功名思维,反而是鲁翰林夫人,"疼爱这女婿,如同心头一块肉"——你们看,从世俗社会人情来看,卜家兄弟、郑家母女、鲁翰林夫人的想法,才是常态的思维。但"官场"是异于世俗的存在,无论是宦游,还是夺情,都是反乡土社会的,然而仍有很大一批人会迷恋、追寻与支持这种存在。我们讨论传统中国的社会控制,总喜欢说"皇权不下县",但其实皇权的辐射,并不仅限于官员胥吏对百姓的实际管控,这种官本位的观念对乡土社会的侵蚀与改变,也是非常有力的。

鲍廷玺入赘王总管家，情形又自不同。按说鲍家是贱业，知府总管家愿意招赘，是鲍家求之不得的事，都用不着由向知府插手，向知府只需给鲍王二家一些权力加持即可。但鲍文卿虽是优伶，风骨与众不同，还没见到向知府，就已经回绝了安庆府两个书办五百两银子的请托，反劝他们"依我的意思，不但我不敢管，连二位老爹也不必管他。自古道'公门里好修行'，你们伏侍太老爷，凡事不可坏了太老爷清名，也要各人保着自己的身家性命"，这与趋奉官府私卖权柄的潘三、匡超人、牛浦大不相同。

而向知府对于鲍文卿，也是以友待之，不肯轻慢，我们看向知府向鲍文卿提亲的说辞：

> 向知府道："就是我家总管姓王的，他有一个小女儿，生得甚是乖巧，老妻着实疼爱他，带在房里，梳头、裹脚，都是老妻亲手打扮。今年十七岁了，和你令郎是同年。这姓王的在我家已经三代，我把投身纸都查了赏他，已不算我家的管家了。他儿子小王，我又替他买了一个部里书办名字，五年考满，便选一个典史杂职。你若不弃嫌，便把这令郎招给他做个女婿，将来这做官的便是你令郎的阿舅了。这个你可肯么？"鲍文卿道："太老爷莫大之

恩！小的知感不尽！只是小的儿子不知人事，不知王老爹可肯要他做女婿？"向知府道："我替他说了，他极欢喜你令郎的。这事不要你费一个钱，你只明日拿一个帖子，同姓王的拜一拜。一切床帐、被褥、衣服、首饰、酒席之费，都是我备办齐了，替他两口子完成好事。你只做个现成公公罢了。"

向知府没有说谎，因为季守备家的公子、县考案首季苇萧，也娶了王总管的孙女为妻，反过来还叫鲍廷玺"姑丈"，足见小王选了典史后，已经摆脱了下人身份，与《红楼梦》里赖大儿子一样，进入了官吏一流。但王家显然没有因为鲍家操贱业就瞧不起鲍廷玺，所以婚后鲍廷玺"只如在云端里过日子"。

季苇萧向鲍廷玺解释自己为何再婚时说："我一到扬州，荀个伯就送了我一百二十两银子，又把我在瓜洲管关税，只怕还要在这里过几年。所以又娶一个亲。"季苇萧的两次婚姻，第一次应当是官员之间的正常通婚，第二次则是到女家招亲，明显是入赘。季苇萧的做法，跟匡超人瞒过已娶亲的事实，在京城李给谏家招赘是同样性质。他们自我开脱的说辞也很相似。季苇萧在新房门口贴上对联："清风明月常如此，才子佳人信有之。"拿"才子佳人"为自己停妻再娶作掩饰，说什么

"我们风流人物，只要才子佳人会合，一房两房，何足为奇？"匡超人则是：

> 听见这话，吓了一跳，思量要回他说已经娶过的，前日却说过不曾；但要允他，又恐理上有碍。又转一念道："戏文上说的'蔡状元招赘牛相府'，传为佳话，这有何妨！"即便应允了。

前面说了，才子佳人的故事之所以在明清特别流行，跟社会上通行"商家+读书人"的联姻模式关系甚大，你看匡超人与季苇萧都是拿这些虚构文字为自己洗白，而鲍廷玺听了季苇萧托词的反应是"这也罢了"，转而关心的是季苇萧哪来的钱二婚——鲍廷玺全无站在王总管家的立场，而季苇萧说的"送几钱银子与姑老爷做盘费"，则是封口费无疑了。

我小时候读《儒林外史》，对里面如许之多的入赘婚视若无睹，很大原因是从书中人到作者，对于这种婚姻形式似乎都习以为常，不以为异。蘧公孙是世家子弟，但是娄三娄四公子一为鲁家提亲，蘧太守的回复便是"或娶过去，或招在这里，也是二位老爷斟酌"，于是"鲁编修说只得一个女儿，舍不得嫁出门，要蘧公孙入赘，娄府也应允了"。

蘧家拿得出五百两银子为聘礼，也不算困窘了，蘧太守却能如此想得开，把个嫡孙拱手送给鲁家，到现在我都觉得甚为可异。那么蘧公孙在鲁编修家到底是什么地位呢？后文说"编修公因女婿不肯做举业，心里着气，商量要娶一个如君，早养出一个儿子来，教他读书，接进士的书香"，这也就是说，鲁编修本来是指望女婿"接进士的书香"，那么蘧家早已对接续香火、光大门楣这事看淡看开了吗？

《儒林外史》里的入赘婚，赘婿在女家似乎都不怎么受委屈，还经常有任性之举。像牛浦与两位妻叔说翻脸就翻脸，闹翻了，女家的说法也只是："外甥女少不的是我们养着；牛姑爷也该自己做出一个主意来，只管不尴不尬住着，也不是事。"谁是婚姻中的强势方，一眼可知。到了第五十四回，冒出个陈和甫的儿子来，这位赘婿才叫豪横，他丈人骂他说："你每日在外测字，也还寻得几十文钱，只买了猪头肉、飘汤烧饼，自己捣嗓子，一个钱也不拿了来家，难道你的老婆要我替你养着？这个还说是我的女儿，也罢了。你赊了猪头肉的钱不还，也来问我要，终日吵闹这事，那里来的晦气！"这样的赘婿，确实也太不省心了，按照前面牛浦的例子，就该留下女儿赶他出去。然而似乎这也不是通行的规矩，吵闹的结局居然是陈和甫儿子出家了结：

丈人道："不是别的混账，你放着一个老婆不养，只是累我，我那里累得起！"陈和甫儿子道："老爹，你不喜女儿给我做老婆，你退了回去罢了。"丈人骂道："该死的畜生！我女儿退了做甚么事哩？"陈和甫儿子道："听凭老爹再嫁一个女婿罢了。"丈人大怒道："瘟奴！除非是你死了，或是做了和尚，这事才行得！"陈和甫儿子道："死是一时死不来，我明日就做和尚去。"丈人气愤愤的道："你明日就做和尚！"……次早，陈和甫的儿子剃光了头，把瓦楞帽卖掉了，换了一顶和尚帽子戴着，来到丈人面前，合掌打个问讯，道："老爹，贫僧今日告别了。"丈人见了大惊，双眼掉下泪来，又着实数说了他一顿。知道事已无可如何，只得叫他写了一张纸，自己带着女儿养活去了。

从上面这些案例中，我们可以看出，入赘婚也并非多数人刻板印象的那样：男方需要易姓入赘，平时毫无家庭地位，靠女家养活，生下儿子也要从女家姓，而且随时有被赶出女家的风险。《儒林外史》里的入赘婚，大多像是一种合股投资，女方提供男方暂时无法筹措的婚礼费用、住房、家庭用度，而女方对男方的远景预期是科举、做官，至少是靠一技之长养活自家妻子。正因为入赘婚是这样一种双方合意、优势互补的投资联合，因此在社会上也并不怎么遭人鄙视，一旦有机会，创始人从天使轮进化到A轮、B轮融资，都不是奇事。只有从这个角度去看匡超人、季苇萧的停妻再娶，才能理解为什么这样负心薄幸的男子仍然在社会上吃得开，玩得转。陈寅恪在《元白诗笺证稿》曾言，在社会转型时代，越无底线之人会过得越成功。这句话移来看《儒林外史》，也是若合符节。匡超人思量此事，还想过"理上有碍"，但飞快地就放下了公序良俗，用文学包装的经济思维下了决断。我想，这怕才是明清江南社会的某种真相，也就是"礼在十八世纪的转折"，吴敬梓本人虽尊崇儒学，但他能直笔写出当时的普适法则，这才是他的伟大之处。

一口气写了下来，因为想了很久这个话题，现在不揣冒昧，浅浅地写出，跟你们交流。我爱读小说，很多时候是因为里面反映的社会事实与时代心态，往往不是宏大叙事能够简单概括的。而小说也是一扇窗口，我们只能借助它们窥见复杂世界的一斑。

等你们的信。

即颂

秋祺

杨早

2023年9月10日，第39个教师节

第14封信 纳妾是一种炫耀性消费

杨早、晓蕾：

　　杨早信里提到的疑惑，蘧公孙入赘鲁翰林家，也是我一直不解的地方。小时候老家偶有倒插门女婿，在旁人看来也是很没脸的事，俗语所谓"入赘女婿不是人，倒栽杨柳不生根"；赘婿的功能除了繁衍，主要还是女方家庭的壮劳力。所以蘧家的行为颇有令人费解之处，越出了当时的主流意识，要么出于现实经济考量，要么出于长远的资源置换谋划。只能说蘧太守此人豁达开通了，他将儿子的婚事全权委托给了娄府两公子，"或娶过去，或招在这里"。不过总的看来，蘧、鲁两家算得上门当户对，是两个旧宦世家的联姻。蘧太守看重的还是门第。嘉兴当地的大户人家求亲，他表面上说"怕他们争行财下礼"，真正的原因是嫌弃这些人家底蕴不够，所以托娄家在湖州留意老亲旧戚，"贫穷些也不妨"。

在传统社会，世家大族用姻亲关系编织出一张荣损与共的大网。《红楼梦》里的"护官符"对此揭示得最为形象。《儒林外史》里五河县的虞、余两家也是世代姻亲。但此种世家大族间的婚姻，也会经受不住金钱的诱惑，于是便有了财婚，也就是以钱和地位的联合为目的的婚姻，"婚姻不论门第，惟从目前富贵"。五河县两大世家的世婚制就被"新钱"冲击得厉害。

> 又有一家，是徽州人，姓方，在五河开典当行盐，就冒了籍，要同本地人作姻亲。初时这余家巷的余家还和一个老乡绅的虞家是世世为婚姻的，这两家不肯同方家做亲。后来这两家出了几个没廉耻不才的人，贪图方家赔赠，娶了他家女儿，彼此做起亲来。后来做的多了，方家不但没有分外的赔赠，反说这两家子仰慕他有钱，求着他做亲。

在第二十三回里，盐商万雪斋家娶媳妇，娶的是翰林家的女儿，不仅要出几千两银子的聘礼，婚礼也是极尽豪奢，"那日大吹大打，执事灯笼就摆了半街，好不热闹！"《红楼梦》里作为皇商的薛家，就是凭泼天财富攀上了王、贾这样的贵族之家。这种士绅和商人之间的联姻，是各取所需，本质上是权力与财富的结合。

我们都知道最早关于婚姻的定义——"婚姻者合二姓之好，上以事宗庙，下以继后世"（《礼记·昏义》），可见婚姻的意义在于宗族的延续与祖先祭祀，完全是子孙对祖先的神圣义务；个人幸福在婚姻中的权重极小。当然像蘧太守这样的旧家，会觉得同样门庭的结合，三观接近，生活方式接近，更有可能得到一段美满婚姻。这当然也是很有道理的，但不管是世婚，还是财婚，或者赘婚，都能看出在古代，婚姻的目的决定了男女当事人没有自主权。比如鲍廷玺二娶，他的养母看上了传说中有钱的王太太，他本人并不愿意，对此看得很清楚："我们小户人家，只是娶个穷人家女儿做媳妇好，这样堂客，要了家来，恐怕淘气。"结果被鲍老太一顿臭骂，不敢回言，只能就范。

但人毕竟不是只为繁衍的动物，总要给自己留点空间，所以才有了作为补充的纳妾制度。杨早引网文敷陈大义，我也要借网文言事。依我所见，女频网文一大故事主线就是妻妾之间及她们所生子女嫡庶之间你死我活的争斗。天真纯洁的嫡女被恶毒的庶姐妹所害,机缘巧合之下得以重生或者被一个穿越来的灵魂附体,从此开挂打怪,将仇人一个个击倒斩杀,大快人心;或是地位低下被无情对待的庶女,重生后黑化,借助信息差,一跃而为人上人,事业感情双丰收。

《儒林外史》中第二十九、三十回,详细叙述了杜慎卿纳妾的过程。媒人沈大脚极会说话,也深知委托人的喜好:

> 十七老爷把这件事托了我,我把一个南京城走了大半个,因老爷人物生得太齐整了,料想那将就些的姑娘配不上,不敢来说。如今亏我留神打听,打听得这位姑娘,在花牌楼住,家里开着机房,姓王。姑娘十二分的人才,还多着半分。今年十七岁。不要说姑娘标致,这姑娘有个兄弟,小他一岁,若是妆扮起来,淮清桥有十班的小旦,也没有一个赛的过他!也会唱支把曲子,也会串个戏。这姑娘再没有说的,就请老爷去看。

杜慎卿纳妾,对外称是为了续嗣大计,这当然是明面上主要的原因。作为一个厌女症患者,他认为妇女没一个好的,还引开国太祖皇帝(即明太祖朱元璋)的狠话,"我若不是妇人生,天下妇人都杀尽",说自己"和妇人隔着三间屋就闻见他的臭气"。然沈大脚这段话透露了一些信息,她为杜慎卿推荐的人选,有钱(家里开着机房),能带来经济价值;有色,常道是娶妻娶贤,纳妾纳色,杜慎卿这人看着好风雅,其实最世俗不过,他肯定要纳个绝色;有美弟,这一点也是投了他好男风的本性。纳个妾,也要一鱼多吃,谁能说这位"面如傅粉,眼若点漆,温恭尔雅,飘然有神仙之概"的杜十七不是个绝顶聪明人呢?

在小说中,提及家里有妾的人家不少。严监生家的赵姨娘是小妾界的"卷王",生了儿子,熬到正妻去世,抓住最后的机会,说服了正妻兄弟,成功上位,做了填房。再后来,赵姨娘儿子早夭,她又遭到严监生的亲兄弟打击,被迫让严贡生的二儿子做了嗣子,被分走了大部分家产。但也是因被扶正过,赵氏还是分了三股家私,另外过日子。否则,一个死了丈夫和儿子的妾,在家族内是没有立足之地的,定要被卖掉。汤知县因是妾生的,在赵氏和严贡生的诉讼中,对赵氏有几分同情和回护。盐商万雪斋家第七个小妾生病,托牛玉圃到苏州花三百两买雪虾蟆来治病。鲍廷玺后娶的王太太十七岁时就被卖给北门桥来家做妾。欺骗沈琼枝的盐商宋为富,更是豪气,"我们总商人家,一年至少也娶七八个妾"。鲁翰林因为赘婿不如己意，想纳妾生个儿子，接进士的书香，夫人以年纪大了为由，劝他不必，结果鲁翰林气得跌了一跤，中风后半身不遂。

在一个家庭里，妾是夫妻性关系的补充，光明正大的说法是为了子嗣。所以妾完全是一种工具人性质，法律地位低下。古代一直奉行的是一夫一妻主义，停妻再娶构成重婚罪。按照瞿同祖在《中国法律与中国社会》中的研究，唐宋时，重婚的处分是徒刑一年（女家减一等），后娶的妻子要离异。如果是男方欺骗女方再娶，则男方加徒半年，女方无罪，离异。明清的时候，刑法减轻，杖八十，仍离异。妾与家长的亲属之间不构成亲属关系，所以《红楼梦》里探春说赵姨娘的兄弟不是自己的舅舅，她舅舅是王夫人的兄弟王子腾，从礼法而言完全正确。当代人脱离了以前的社会环境，从道德角度去谴责探春，其实是以今人之观念去绳束古人，是很没有道理的。妻是妾的主人，殴杀减罪，妾不能对妻有侵侮行为。

妾的地位低下也体现在称呼中。《儒林外史》第二回中，秀才梅玖讲得很明白："女儿嫁人的，嫁时称为新娘，后来称呼奶奶、太太，就不叫新娘了。若是嫁与人家做妾，就是头发白了，还要唤作新娘。"你们读过林海音的一篇小说《金鲤鱼的百裥裙》吗？生了许家继承人的小妾金鲤鱼，梦想着有一天可以穿上百褶裙。

很早以来，她就在想这样一条裙子，像家中一切喜庆日子时，老奶奶，少奶奶，姑奶奶们所穿的一样。她要把金鲤鱼和大红百裥裙，有一天连在一起——就是在她亲生儿子振丰娶亲的那天。谁说她不能穿？这是民国了，她知道民国的意义是什么——"我也能穿大红百裥裙"，这就是民国。

然而，这个梦想在太太"只许穿旗袍"的命令中破碎了。我多年前读到这篇小说，一直记得这个让人心疼的故事。她的梦想底下，是希望被当作人看待，真的是又宏大又卑微。我总是想到另一个赵姨娘。有位红学家很瞧不上她，认为她是一个莫名其妙的人物。"赵姨娘恶毒、卑鄙的表现不但在贾府上下，得不到同情和支持，就是在曹雪芹这里，也出尽了丑态，在曹雪芹笔下，只要遇到了赵姨娘，文字就转变了方向。尽管《红楼梦》里也有些曹雪芹不太喜欢的人物，但他们的形象也没有赵姨娘这么让人不齿。曹雪芹为什么单单对赵姨娘感到厌恶呢？实在是莫名其妙。"（周思源：《周思源看红楼》）我倒认为是他无法理解这个人物身上的美感。她不过是以一种蛮力去追求金鲤鱼的梦想。她没有《儒林外史》里的赵姨娘温和而坚定的方法论，而是以一种狂暴而野蛮的力量去抗争，这固然与个性差异有关，也与她们身处的环境不同有很大关系。严监生家不过是一小乡绅，而贾家却是簪缨之家，留给她发挥的空间有限，故而只能往阴微的路子上走。话说《红楼梦》真是网文鼻祖呀，什么魇魔之术谋害人命，借茉莉粉事件小题大做，虽然都没成事，毕竟也在府里掀起了一番风雨。网文里的宅斗，不外乎是在这些细事上做文章。按照书里的逻辑，赵姨娘的抗争无效，不过是碰到了主角光环——宝玉的加持力量太强。试想，如果马道婆的魇魔术真成了，作为嫡子的宝玉没活过来，长子贾珠早死了，那贾环就成了贾政唯一的儿子，母以子贵最后可能会成真，王夫人还能动辄以血统论（"黑心不知道理的下流种子"，难道不是把贾政也骂进去了吗）来打击这个唯一的儿子吗？

事实上，在明清之际，关于纳妾也是有法律规定的。比如何时可纳，明律"民年四十以上无子者方听娶妾，违者笞四十"，直到乾隆五年（1740），清律才删除了这一条目。而《儒林外史》第三十四回假杜少卿之口："小弟为朝廷立法：人生须四十无子，方许娶一妾；此妾如不生子，便遣别嫁。"只是把范围扩大到了所有人，而不止限定在庶民。杜少卿白白得了萧柏泉和迟衡山一顿马屁——"先生说得好一篇风流经济！""宰相若肯如此用心，天下可立致太平！"其实不过是一顿空泛的议论。现实中，很多人就是这么做的。明末大儒顾炎武避祸山西，在太原遇到傅青主，当时他已六十三岁。傅为他诊脉，认为还有生育能力，顾炎武就纳了一妾，但没有生出儿子，两年后立嗣，就把妾室嫁给别人。

当然，在实际生活中，纳妾不只是为了生儿子。《儒林外史》里最肆无忌惮的一位是季苇萧，他先是在安庆娶了妻，和鲍廷玺成了姻亲，后来在扬州又做了赘婿。在婚宴上，他对鲍廷玺说："你不见'才子佳人信有之'？我们风流人物，只要才子佳人会合，一房两房，何足为奇！"后来认识杜少卿，他又劝杜纳妾：

> 季苇萧多吃了几杯，醉了，说道："少卿兄，你真是绝世风流。据我说，镇日同一个三十多岁的老嫂子看花饮酒，也觉扫兴。据你的才名，又住在这样的好地方，何不娶一个标致如君，又有才情的，才子佳人，及时行乐？"

拉人下水也罢了，还要搞年龄歧视。季苇萧这种属于民间自己认可的"两头大"，在法律上则仍属纳妾。

季苇萧是得了瓜州管关税的实缺，手头有了银子，才有胆再娶。这也说明娶小妾需要经济实力。宋为富要娶沈琼枝，出银五百两。而底层士人或庶民恐怕连养活妻儿都成问题，娶妾更不敢想。鲍廷玺的生父倪老爹，做了三十七年秀才，自陈心迹，"就坏在读了这几句死书，拿不得轻，负不得重！一日穷似一日"，只靠着修补乐器为生，六个儿子，死了一个，另外四个儿子没饭吃只好卖到外地，小儿子过继给戏子鲍文卿。现在说起古代社会，动不动以为三妻四妾，恐怕还是想当然了。当然网文穿越总是能精准穿到皇室公侯之家，那只需动动鼠标之力。

在江南士绅阶层中，有"坐乘轿、改个号、刻部稿、讨个小"的口号，这意味着当了官，有了钱，便可以实现炫耀性消费，出版文集，娶个如君，排场风流一样都不落下。看起来，季苇萧规劝杜少卿的话，很符合当时士绅阶层的普遍准则。妻子是管家婆，管理家务，侍奉公婆，教育子女，安排人情往来，而小妾则负责貌美如花，红袖添香，诗酒风流。实在说这也太失衡了，妻子默默当劳模，小妾虽然风险系数高，但享受指数也高呀。难怪17世纪的一位女作家王端淑，看透了分工的不公，反其道而行。她热爱阅读和写作，无心家务，干脆自掏腰包为丈夫买了一个妾，让这个妾生育子女，操持家务，自己则醉心书史，从事写作，活跃于当时的文人圈子。

《儒林外史》也描述了几对"伙伴式婚姻"，夫妇二人具有共同的文化背景，有点灵魂伴侣的味道。第三十五回里，庄征君辞官归家，住在皇帝赏赐的玄武湖上，与妻子悠游度日：

> 一日，同娘子凭栏看水，笑说道："你看这些湖光山色！都是我们的了！我们日日可以游玩，不像杜少卿要把尊壶带了清凉山去看花！"闲着无事，又斟酌一樽酒，把杜少卿做的《诗说》，叫娘子坐在傍边，念与他听。念到有趣处，吃一大杯，彼此大笑。

庄娘子想来也有很高的文学造诣，方可以和丈夫共同欣赏学术作品，领略其中的妙趣。杜少卿娘子对丈夫的种种"作死"行为，很是宽容，这还可以说是传统顺从的贤妻；到了南京，她想去看景致，两人就携手游园，令旁观者目眩神摇。夫妇之间，颇有一种浪漫的气息。这种婚姻关系下的妻子，堪称兼美——既有妻子的合法地位，又具小妾的部分职能。但我有一个疑点，怎么这两对人人羡慕的婚姻里，都不见孩子的踪影？孩子谁带？谁来启蒙教育？谁陪着补课玩耍？这都是很现实的问题。热心正途的鲁小姐天天督责儿子读书，书背不熟，就要陪到天亮。难不成庄、杜两家想清楚了，自己躺平，佛系养娃，这才能保持住天真和浪漫？你们看是不是这样？

祝秋安！

秋水

2023 年 9 月 20 日

第15封信 家不家，国不国

杨早、秋水好：

时间过得真快，北京转眼就入秋了，我们仨重读《儒林外史》也五个月了。这期主题是"家庭"，《儒林外史》的核心是士人与科举，但也触及家庭家族生活的各个角落。杨早谈赘婿，秋水看婚姻，那我就谈家族伦理吧。

我数了数，《儒林外史》中竟写了十几对兄弟——严贡生和严监生，杜少卿和杜慎卿，娄家两公子，余特和余持，匡大和匡超人，倪廷珠和倪廷玺……儒家家庭伦理以父子和兄弟关系为核心，"家齐"的标志是父慈子孝、兄友弟悌。但在吴敬梓笔下，常见的却是"兄弟参商，宗族诟谇"，比如较早出场的严贡生、严监生兄弟。

说到严监生，他给人的突出印象是吝啬。他家财万贯，有十多万银子，临死前却舍不得灯盏里两茎灯草，伸着两个指头，总不得断气，挑掉一个灯草，才安心咽气；他只有一个小妾生的儿子，"猪肉也舍不得买一斤，每常小儿子要吃时，在熟切店内买四个钱的哄他就是了"。不过吊诡的是，吝啬鬼之吝啬通常是对别人，严以律人宽以待己，或者对内对外都很苛刻。严监生却不是，他对亲哥哥严贡生和妻子的哥哥非常慷慨，一出手就是几百两银子，妻子王氏的葬礼，也花出去四五千两银子，热闹了半年。

在心理学上，吝啬和囤积癖都是一种精神症候，代表了人格中的"暗室"。但对外慷慨，对己吝啬，这种极其分裂的行为又该如何解释呢？

咱们来看严监生的处境。他家产丰厚，有一个正妻王氏和小妾赵姨娘，以及赵姨娘生的儿子，一生勤俭持家，过得小心翼翼。他亲哥哥严贡生正相反，一味好吃懒做，把家都吃穷了，人品还差，恃强凌弱，贪婪狡诈，为人毫无底线。有丰厚家底的严监生，也深知这个哥哥靠不住，却一见了他就唯唯诺诺，抬不起头来。你可能会说，有这么凶恶的哥哥，弟弟能不怕吗？其实，除了性格使然，还有制度原因。

一是严贡生有正式的功名，贡生是准举人，就有资格选官，再加上他善于钻营，口口声声"我们乡绅人家"，乡里都惧他几分；二是他是严家长房，宗法社会以嫡长子为正宗，长兄如父有特权，当弟弟的天然矮半截；还有一个很重要的原因，严监生子嗣稀薄，严贡生却有五个儿子，每天"生狼一般"四处走动。严监生病重的时候，"五个侄子穿梭的过来陪郎中弄药"，简直是恐怖片。《儒林外史》多用白描，文字蕴藉，风雷深隐，躺在病床上的严监生，看着这些狼一般的侄子，怎会不怕？

显然，严监生一直活在严贡生的阴影下。临死前，他给两位妻舅托孤："我死之后，二位老舅照顾你外甥长大，教他读读书，挣着进个学，免得像我一生，终日受大房里的气！"他的精神状态大概一直是高度紧张的，对外花钱，是为了购买他人的肯定和支持，获取安全感；对自己如此吝啬，其实是自虐，是长期在焦虑和恐惧下形成的自卑，这种低自尊心态会使劲压缩自己的正常需求，让自己低到尘埃里。

严监生死后，严贡生果然不改豺狼本色，不奔丧不回家祭奠，过了头七收到赵姨娘（严监生花了很多钱给她扶了正）派人送来的衣物银两，才勉强来看一下，最

后居然拒绝弟弟入葬祖茔。严监生唯一的儿子夭亡后，他又不承认赵氏曾走正规程序被扶正的事实，强行将新婚的二儿子过继给赵氏，目的就是霸占严监生的遗产。族长和乡约们也都怕严贡生，不敢替弱妇出头主持公道："我虽是族长，但这事以亲房为主。"把锅推给了知县。

在恶人面前，建立在血缘亲情关系上的乡约礼治都失了效，家族对个体的庇护功能没有了，反而成了恶人谋利的工具。靠外在的规范和个体的良知来维持的家族伦理其实很脆弱，在绝对的恶和利益面前，往往不堪一击。

严贡生这样的恶人当然并不多见。但随着经济发展和社会变迁，家族伦理也在不可避免地走向溃败。书中有一个著名的五河县，以势利而闻名，五河县方姓盐商有钱，彭姓科举繁盛有势，以至县中人个个趋炎附势，有"非方不亲，非彭不友"的呆子，也有"非方不心，非彭不口"的乖子——

> 问五河县有甚么山川风景，是有个彭乡绅；问五河县有甚么出产希奇之物，是有个彭乡绅；问五河县那个有品望，是奉承彭乡绅；问那个有德行，是奉承彭乡绅；问那个有才情，是专会奉承彭乡绅。

众人为了巴结方、彭两族，竟置本族事务于不顾。余氏和虞氏两家叔祖母、伯母、叔母节孝入祠，按照规矩和族谊，"两家都该公备祭酌，自家合族人都送到祠里去"。但是，恰逢方姓老太太也入祠，余、虞两家族人都想要去趋奉，去陪祭候送，不参加本族的祭送仪式。结果，方家的入祠仪式热热闹闹，牌子上的金字"礼部尚书""翰林学士""提督学院""状元及第"，还都是余、虞两族人送的，余、虞自家族人的仪式却冷冷清清。

这一幕，既照见人心的势利，也说明家族法规已经无力约束家族成员了。

每说到五河县的势利，论者往往充满鄙视，认为这是人心的败坏，其实，这在传统中国早已司空见惯。鲁迅的祖父在朝廷当官，周氏家族在绍兴一向地位比较高，远亲近邻都来攀附，后来他祖父犯科场舞弊案入狱，亲戚街坊的脸就变了。所以鲁迅从小就感受到人性的黑暗面："有谁从小康人家而坠入困顿的吗？我以为在这路途中，大概可以看见世人的真面目。"

对五河县人的贬斥，也饱含了吴敬梓自己的切肤之痛。他的生父和嗣父去世后，兄弟间为争夺家产反目成仇，官司打了数十年。在《移家赋》里，他写道："君子之泽，斩于五世，兄弟参商，宗族诟谇。"也被迫看透了"世人的真面目"。

正如杨早在信中提到的，集权的管辖触角往往及县而止，"皇权不下县，县下唯宗族，宗族皆自治，自治靠伦理，伦理造乡绅"。家族其实是维持社会的基层组织。在相对静止的宗法社会里，家族的稳定意味着社会的稳固。但家族是血缘亲情共同体，同时也是事业共同体，混合了亲情和利益，一旦社会变动经济发展，出现极大的利益诱惑，亲情往往就失了效，于是处处都是五河县——施美卿在弟弟死后，竟要把守节的弟媳妇卖给别人，结果把自己的老婆赔进去了；匡超人的父亲匡太公住的房子，也被隔壁的弟弟惦记上，催逼着搬走；胡三公子跟弟弟胡八乱子"性格不同"，弟弟就"把老房子并与他，自己搬出来住，和他离门离户了"。汤六平时引诱堂弟汤由、汤实哥俩逛妓院，见到叔父汤奏说："禀老爷"，称呼俩堂弟"大爷""二爷"，汤镇台很生气："你这下流！胡说！我是你叔父，你怎么叔父不叫，称呼老爷？""你这匪类！更该死了！你的两个兄弟，你不教训照顾他，怎么叫大爷、二爷！"

剧烈变动的社会结构，外头流行的风气，打散了家族伦常。

唐二棒椎和他嫡侄同榜同门，对方写了一个"门年愚侄"的帖子拜他，他也想要写一个"门年愚叔"的帖子还他，虞华轩骂这是"鬼话""梦话"，余大先生知道后气得两脸紫胀——

"这话是那个说的？请问人生世上，是祖父要紧，是科名要紧？"虞华轩道："自然是祖父要紧了，这也何消说得。"余大先生道："既知是祖父要紧，如何才中了个举人，便丢了天属之亲，叔侄们认起同年同门来？这样得罪名教的话，我一世也不愿听！二哥，你这位令侄，还亏他中个举，竟是一字不通的人；若是我的侄儿，我先拿他在祠堂里祖宗神位前先打几十板子才好！"

家族伦常一旦崩坏，家不家，国不国，所谓"世风日下，道德沦丧"，总是重演。

书中也有感情亲密的兄弟，比如娄瓒、娄瓒兄弟同声相求，都喜欢名士派头，渴慕名士豪举，仗义救出蒙冤入狱的杨执中，以为对方是隐士，却不料是个蠢蠢的书呆子；搞个"大宴莺脰湖"名士大派对，却以张铁臂以猪头当人头的骗局为终，最后落了个"意兴稍减"，"闭门整理家务"。

还有余特、余持兄弟，他们虽然住在恶俗的五河县，却"守着祖宗的家训，闭户读书，不讲这些隔壁

帐的势利"。二人感情笃深，居家同榻，出行同伴。后来，余大先生因包揽词讼谋利事发，余二先生拒不出卖胞兄，而是借官方文书里的笔误"敦友谊代兄受过"。虽然此举顾全了亲情，但并非什么值得倡扬的好事，毕竟余大违法在先。更吊诡的是，余大正因无钱安葬父母，才到无为州打秋风包揽词讼的。

倪家早年因贫困无法养活儿子，倪廷珠和几个弟弟被卖至他州，只留一个小儿子倪廷玺在身边。倪廷珠二十多岁起就到处寻找弟弟，终于在南京找到倪廷玺，得知弟弟过得苦，便"把历年节省的几两银子拿出来弄一所房子"，要"和兄弟一家一计的过日子"。然而，注重血缘亲情的倪廷珠没能如愿过上他所期待的生活，突然得重病去世了，而他苦苦挂念的弟弟，也不是什么正经人。

温情脉脉的家族伦理步步溃败，亲情荡然无存，是因为这样的亲情共同体本来就是沙子上的理想国。但吴敬梓是儒家的忠实信徒，他渴望重整乾坤，开出的一剂良药是：学礼乐，成人才，助政教。

祭泰伯祠先圣一幕，是书中的高潮，虞博士、庄绍光、杜少卿们以孔孟为榜样，身体力行推行儒家的礼仪。这样的事吴敬梓本人也做过，他曾倾尽家财，跟志同道合的朋友重建了南京的雨花台先贤祠，他们相信，日常生活中的行为如果遵循仪式和规范，内心的野马就会被约束。而士人们如果以身作则，就可以感化和教化世人，从而构建出圣人心目中的理想社会。

效果又如何呢？祭祀泰伯的仪式结束之后，就是"郭孝子千里寻亲"的故事。等于礼的仪式完成了，接下来就该在生活中实践了。

郭孝子上场时花白胡须，憔悴枯槁，他二十年走遍天下，寻访父亲。说来尴尬，他的父亲王惠也让人一言难尽，在书的开头，曾经在周进面前大摆举人派头，趾高气扬了一番；当太守时一心想要搜刮钱财，被蘧景玉嘲笑从此贵府衙门"是戥子声，算盘声，板子声"；宁王之乱他投降了叛军，叛乱被平定后又潜逃在外……而郭孝子正是他被迫改了姓的儿子。最后郭孝子在成都的一个寺庙里，找到做了和尚的父亲。然而，王惠却拒不相认，郭孝子只好在寺院附近租了房子，靠打短工挣钱，让人给父亲送柴送米。两年后，王惠死了，郭孝子又背着他的骸骨回乡安葬。

郭孝子的寻父之路充满传奇，先是遇到老虎，又遇白毛怪兽，还遇到一对假扮吊死鬼的劫道夫妇……跟《儒林外史》全书理性而节制的纪实风格不符，因此有人怀疑这是后人补写的。显然，郭孝子的故事是纯然虚构的。这个故事的结局，也让人沮丧——寻找多年的父

亲人品低下，亲情凉薄，到死也没认儿子。但这故事的底层逻辑非常儒家，看看，舜的父亲和继母那么恶劣，舜不也很孝顺吗？后来的《二十四孝》故事，为了打造孝的神话，更是把孝拔高到荒谬的境地。

用半辈子的时间去寻找一个似乎并不值得尊重的父亲，到底值不值得呢？郭孝子回家的路上，遇到了少年豪士萧云仙，郭孝子说了这样一番话：

> 我自幼空自学了一身武艺，遭天伦之惨，奔波辛苦，数十余年。而今老了，眼见得不中用了。长兄年力鼎盛，万不可蹉跎自误。

他，大概也觉得不值吧。

这就是《儒林外史》的叙事和价值的张力——当家庭伦理日渐式微，吴敬梓想要按照儒家的道德观努力重建，但尚未建好，就摇摇欲坠。当年孔子高扬孝道，"父母在不远游"，为亡父守孝三年，但当宰予质疑其可行性时，孔子也只是说，你心安就好。此时，"孝"依然是在自然情感的领域。但后来被皇权利用，孝就成了不容置疑的义务，后来的儒家为配合权力的需求，把孝论证为"天道"，于是天不变道亦不变，结果只有荒诞。

由是，吴敬梓念兹在兹的信仰，其实早就漏洞百出，这也是我读《儒林外史》既能体贴其中的陈忧与隐痛，又对它有些许疏离的缘故。

说到"孝"，还有一个大孝子匡超人呢。匡超人有一个快速清晰的堕落过程，他本来聪敏、勤劳、孝顺，夜里陪伴生病的父亲，杀猪磨豆腐做生意谋生，也不忘读书，"每日四鼓才睡，只睡一个更头"，待人接物也十分得体，招人喜欢。他这样帮卧病在床的父亲出恭：

> 走到厨下端了一个瓦盆，盛上一瓦盆的灰，拿进去放在床面前，就端了一条板凳放在瓦盆外边，自己扒上床，把太公扶了横过来，两只脚放在板凳上，屁股紧对着瓦盆的灰。他自己钻在中间，双膝跪下，把太公两条腿捧着肩上，让太公睡的安安稳稳，自在出过恭；把太公两腿扶上床，仍旧直过来，又出的畅快，被窝里又没有臭气。

然而，这样一个好青年到了杭州，结识了一批伪名士，中了"功名富贵"的毒，逐渐成了一个见利忘义的小人——为了攀附老师，隐瞒自己已婚的事实，娶了老师的外甥女；有恩于他的潘三东窗事发入狱，他拒绝探望，更不出手相帮，还满口拽什么做臣子的大道理；诋毁提携过自己的马二先生，吹嘘自己的选本才是名扬天下。

匡超人变成这样，是功名富贵的错吗？也不尽然。匡超人还是那个匡超人，只是后来的环境激发了他的恶念。况且孝子和见利忘义也不冲突，贪官未必不是一个好父亲好儿子，有私德未必就有公德。

费孝通在《乡土中国》里说中国的道德和法律，"都因之得看所施的对象和'自己'的关系而加以程度上的伸缩"。在家是孝子，能诚恳待人，是因为大家抬头不见低头见，有熟人社会的舆论约束。到了一个陌生的地方，圈子变了，道德也就变了。

作为一个儒家的忠实信徒，吴敬梓无疑是一个苦行者，是儒家知识分子里的堂·吉诃德。而每一个怀抱信念却在末世苦熬的读书人，也都能从《儒林外史》里看到自己吧。

祝秋安。

晓蕾

2023年9月20日

儒林第六·底色

第16封信
须得将烟火写透

晓蕾、秋水：

莫怪我又早早动手写信了，大概还是缘于对《儒林外史》的热爱吧，总有话要说。

这是关于《儒林外史》的最后一封信。我原想着挑一些书中我最喜欢的片段——不见得是那些最浓的笔墨，比如骂五河县的闲人，或者谑近于虐的刻画，如对张铁臂、权勿用等，因为一旦笔墨过浓，就容易流于漫画化，于是便失真，或者说不够具有普遍性真实。奇人奇事世上多有，但太出奇则失去了讽刺的普适性，"读之者，无论是何人品，无不可取以自镜"

（闲斋老人序）；若描写得太夸张，读者就很容易将自己摘出去，只肯笑骂书中人物。鲁迅《小说史大略》里说《儒林外史》有"共同忏悔之心"，后来定稿的《中国小说史略》将《儒林外史》单列为"讽刺小说"，与李伯元、吴趼人等所作"谴责小说"相别，其实也是这个意思。

因此细读《儒林外史》，最可玩味的是那些"淡"的文字。黄小田总批里有一段话，我很赞同，道是"而世人往往不解者，则以纯用白描，其品第人物之意，则令人于淡处求得之"，"淡处求得之"可谓曲尽此书之妙。至于批评《儒林外史》"先生之笔固妙，未免近刻"，也是只看到了书中"明目张胆骂人"的段落。吴敬梓于痛恨之人，往往下笔比较狠，而这份热烈，有时确实让描写失去了平衡，反而是冷静下来，"贴到人物写"（沈从文），才是最能写尽世事人情的笔墨。

九月底咱们不是一块儿去看了"情景音乐话剧"《边城》吗？后来我在观后感里讲，编导演用新的手法表现名著，特别好，但是在照顾原作语言、人物、场景的同时，似乎有点忽略结构，以致整场看下来，对原作不太熟的人会感觉比较累。对于《边城》这种影响了无数心灵的名著而言，寻找其中的"元叙事"很要紧，细节可以各凭理解，人物可以见仁见智，但作者叙事背后

的大框架需要被挖掘出来作为重述与改编的基石。比如《边城》里,团总父子三人,老船工祖孙二人,就构成了人物的对照组与支撑脚。两组人物之间的关系,单个人物互相之间的关系,就能令《边城》超越语言与文化的藩篱,让非湘西、非民国时期,甚至非中国的读者与观众,都能领会其中的血性与高贵、纠结与挣扎、盼望与等待。我当然不是说要将故事模式化、骨架化,而是先理解故事背后的结构与用心,才会让原本看着枝蔓的细节变得熨帖,让原本奇异的人事变得寻常。

回到《儒林外史》,我不得不说,以前对于第一回《说楔子敷陈大义　借名流隐括全文》的解读,基本只是将它作为了"得胜头回"(即话本小说正文前的小故事)或是序幕。但其实吴敬梓已经告诉我们,这一回的重心在于"大义"与"全文"。而"大义"与"全文",又不仅仅在于王冕的高洁——事实上,书中高洁的理想化人物,如虞博士、庄征君、迟衡山,都写得不好看,是那种扁平人物;杜少卿有趣的地方,也不是讲诗经复礼义,而是突破世俗的常规,被坏朋友骗钱也好,带妻游清凉山也好,义会沈琼枝也罢,都是逸士的举动。小说的动人处,其实都是要在"变"与"常"两个字上做文章。都是"变",那就是爽文;都是"常",又成了流水账。就像《狂人日记》,写的通是"变"眼中的

"常",反过来又见出"常"中的"变",所以那一篇文言的序言亦绝不可少——那将整篇小说的视角与叙事大大地丰富化了。

《儒林外史》的头一回,也就相当于《狂人日记》的那一篇小序。它的"大义",读过的人都能看出来,就是闲斋老人评语说的"功名富贵",但这不是最重要的。重要的是作者会在一个什么样的框架里去写"功名富贵"这个"一篇之骨""第一着眼处"。

在用来"隐括全文"的王冕故事里,人物也可以分为五组:

一、王冕与王母;

二、秦老;

三、吴王;

四、危素、时仁;

五、翟买办、三名游客。

吴王访王冕那一段,初读觉得最不好看,吴王莫名其妙的来访,除了凸显王冕大才,还能看出什么?但吴王的出场要与后文的行科举迪观才好。吴王心心念念的是"浙人久反之后,何以能服其心",王冕回应的"仁义服人"明显不中听——朱重八若听得此言,就没有洪武《大诰》之类的苛法了。但吴王登基之后,确实在寻找"服其心"的方法,那就是取士之法:三年一科,用

"五经""四书"八股文。王冕向秦老批评说:"这个法却定的不好,将来读书人既有此一条荣身之路,把那文行出处都看得轻了。"又说"你看!'贯索犯文昌',一代文人有厄",这"厄"便是那"荣身之路",又看见"一伙星君"下凡去"维持文运",表面上看指的是后文那一班文士祭泰伯祠,但"文运"与"文行出处"是同义的,都是要讲在科考的世界之外,别有值得读书人去追求与坚持的价值。因此,王冕与吴王的见面—分别—逃避,可以看作"道统"对"政统"的间离与反抗。从朱元璋后来将《孟子》打入冷宫来看,明太祖对于"民贵君轻"的儒家民本思想甚为反感,更不用说文人学士要以千年道统来对峙朝廷的政治控制了。

王冕与王母,当然是作者心目中的理想人物。王冕不必多说,王母的言行也让人大为叹服,她临终说的"做官怕不是荣宗耀祖的事,我看见这些做官的,都不得有甚好收场;况你的性情高傲,倘若弄出祸来,反为不美。我儿可听我的遗言,将来娶妻生子,守着我的坟墓,不要出去做官。我死了,口眼也闭"经常为论者激赏,这番话说透了"性情高傲"与"做官"之间的扞格不入,而王母宁愿儿子"不要出去做官",也不劝他改易性格,这可算是比孟母还贤良的母亲。更有一桩,王母比起王冕来,与世俗生活连接得更紧密。她在送王冕去秦家放牛前说的一番话：

> 儿阿！不是我有心要耽误你。只因你父亲亡后，我一个寡妇人家，只有出去的，没有进来的。年岁不好，柴米又贵；这几件旧衣服和些旧家伙，当的当了，卖的卖了；只靠着我替人家做些针指生活，寻来的钱如何供得你读书？如今没奈何，把你雇在间壁人家放牛。每月可以得他几钱银子，你又有现成饭吃，只在明日就要去了。

这是一位寻常的母亲，看她次日送王冕上工时的表现：

> 母亲替他理理衣服，口里说道："你在此须要小心，休惹人说不是。早出晚归，免我悬望。"王冕应诺。母亲含着两眼眼泪去了。

我每次读到这一段都想哭，就像看到后文牛老和卜老爱亲做亲，向鼎和鲍文卿生死交情，会觉得世间有些情感的纯粹高贵，确实不是功名富贵能够轻易换取或抹除的。再想想，这些感情之所以感人，不仅仅在于真挚，更重要的是真挚背后的那一份无奈。唯因无奈，使得情感达到极致，再难逾越。不过有人看到王母的为难，反而觉得王冕不慕功名富贵，不能带母亲过更好的生活，是为不孝，也未可知。

秦老也是一个有趣的人物。他与王家母子交好，但并非滥好人地周济施恩。他对十岁的王冕说的话也十分周到，温情与劝勉兼有："就在我这大门过去两箭之地，便是七泖湖。湖边一带绿草，各家的牛都在那里打睡。又有几十棵合抱的垂杨树，十分阴凉。牛要渴了，就在湖边上饮水。小哥你只在这一带顽耍，不必远去。我老汉每日两餐小菜饭是不少的，每日早上还折两个钱与你买点心吃。只是百事勤谨些，休嫌怠慢。"王冕有这样的主家，也算是福气了，何况秦家在点心小菜饭之外，还会煮些腌鱼、腊肉给王冕吃。就这样过了七八年之久。可以说，王冕能够自学成才，秦老是最大的推手。

在王冕与时知县、危素的博弈往复过程中，秦老显然是希望两边都好的，王冕固然是他爱重的人，县里办事的翟买办也是秦老的干亲家，是需要巴结交好的对象。时知县让王冕画册页，"秦老在旁着实撺掇，王冕屈不过秦老的情，只得应诺了"。但是秦老并不一味帮着翟买办逼迫王冕。看秦老在王冕与翟买办之间打圆场，办事之老道：

秦老劝道："王相公，也罢！老爷拿帖子请你，自然是好意。你同亲家去走一回罢！自古道，'灭门的知县'，你和他拗些甚么？"王冕道："秦老爹，头翁不知，你是听见我说过的。不见那段干木、泄柳的故事么？我是不愿去的。"翟买办道："你这是难题目与我做，叫拿甚么话去回老爷？"秦老道："这个果然也是两难。若要去时，王相公又不肯；若要不去，亲家又难回话。我如今倒有一法，亲家回县里，不要说王相公不肯，只说他抱病在家，不能就来，一两日间好了就到。"翟买办道："害病，就要取四邻的甘结。"彼此争论了一番。秦老整治晚饭与他吃了，又暗叫了王冕出去问母亲秤了三钱二分银子，送与翟买办做差钱，方才应诺去了。

秦老为了王冕的坚持，实际上是有些得罪那位干亲家翟买办的。但是他并不后悔交往王冕，更不要说与王冕断绝来往啥的。时知县亲自下乡来，王冕避而不见，这有点超出秦老的价值认同，所以他难得地抱怨王冕："你方才也太执意了！他是一县之主，你怎的这样怠慢他！"但是王冕略加解释，秦老也就揭过了此事，反过来帮王母劝王冕外出避难，而且秦老为王冕计划得更长远：

况你埋没在这乡村镇上，虽有才学，谁人是识得你的？此番到大邦去处，或者走出些遇合来也不可知。你尊堂家下大小事故，一切都在我老汉身上，替你扶持便了。

秦老是看着王冕长大的，王冕的种种聪敏博学，也有种种惊世的举动，秦老都看在眼中。"只有隔壁秦老，虽然务农，却是个有意思的人。因自小看见他长大，如此不俗，所以敬他、爱他，时时和他亲热，邀在草堂里坐着说话儿。"我觉得咱们这样的人，就跟秦老一样，我们知道有天才的存在，也敬爱他们的才华，为此愿意包容他们不为世情所容的一面，支持他们的"反熵行为"——虽然我们永远做不到他们那样的纯粹决绝，但至少我们承认，那样的天才，有着与流俗抗争的权利。

有朝一日那些天才将要离去，无论是这片土地还是这个世界，我们恐怕也只能跟秦老一样，"手提一个小白灯笼，直送出村口，洒泪而别。秦老手拿灯笼站着，看着他走，走的望不着了，方才回去"。两人后来于同年去世，也是有缘。

危素这位"贰臣"也很有意思。在第一回的世界里，大概只有他与秦老，是真正识得王冕价值的。看他将王冕的册页"看了又看，爱玩不忍释手"，又对时知县说:"我学生出门久了!故乡有如此贤士,竟坐不知,可为惭愧!此兄不但才高,胸中见识大是不同,将来名位不在你我之下。"他对王冕可谓青眼有加。但此处闲斋老人的评语甚确:"写危素自不俗。然但以名位相许,便不知王冕,又不得谓之不俗。"危素是甘愿放弃"文行出处"而出谋功名富贵的读书人代表,后文里说他"归降之后,妄自尊大,在太祖面前自称老臣",其实只是自高身份的方式,冀图仍得重用,不想遇到农民出身不解风情的朱元璋,自然是在皇权面前留不住体面。可以说,王冕若应了朝廷封的什么咨议参军,多半也是危素这般下场。

时知县时仁又是一种人。不见他对王冕的册页如何欣赏,可见没什么审美能力。危素让他约王冕相会,他也是很轻慢地"即遣人相约"。王冕称病不肯来,此处时知县的心理活动十分精彩:

知县心里想道:"这小厮那里害甚么病,想是翟家这奴才,走下乡,狐假虎威,着实恐吓了他一场。他从来不曾见过官府的人,害怕不敢来了。老师既把这个人托我,我若不把他就叫了来见老师,也惹得老师笑我做事疲软。我不如竟自己下乡去拜他。他看见赏他脸面,断不是难为他的意思,自然

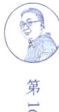

大着胆见我,我就便带了他来见老师,却不是办事勤敏?"又想道:"一个堂堂县令,屈尊去拜一个乡民,惹得衙役们笑话。"又想道:"老师前日口气甚是敬他,老师敬他十分,我就该敬他一百分。况且屈尊敬贤,将来志书上少不得称赞一篇。这是万古千年不朽的勾当,有甚么做不得。"当下定了主意。

时知县显然很知道名士圈的做派是怎样的。他是那种做事不问实际,只要政绩名头的官僚,"办事勤敏""恐怕危老师说他暴躁"关系到当前仕途,纵然心下十分恼怒,也只能忍口气,"屈尊敬贤"这种"万古千年不朽的勾当"也是做得的。本应该是花花轿子人抬人,但当他亲自下乡去拜王冕,王冕仍躲着不见,像王冕这等不识抬举,时知县是再难将屈尊敬贤演下去了。好在毕竟他办事勤敏,半年后便升了任,王冕才能回乡与母亲团聚。

最后还必须说说翟买办与三名游客。其实,我认为这四位仁兄,才是构成《儒林外史》一书的底色。高洁之士固少,能做到灭门知县的,究竟也不多,何况后文中识拔匡超人的李知县、误认牛布衣的董知县、被杜少卿前倨后恭的王知县,都还有可议的地方。书中最多的,其实是这些活得清清楚楚又糊里糊涂的人。翟买办找到王冕，说明他消息灵通，知道王冕是县里第一名的画师，又知道寻秦老这名亲家以劝说王冕，人情练达，交代事情也是清清楚楚："在下半个月后下乡来取；老爷少不得还有几两润笔的银子，一并送来。"后来润笔二十四两，自己留一半，送王冕一半。在翟买办看来，这是他对王冕的提携："况这件事，原是我照顾你的。不然，老爷如何得知你会画花？论理，见过老爷，还该重重的谢我一谢才是。"翟买办实在是很懂市井社会的规则，时知县下乡访王冕，都是翟买办一力帮扶，又是扶轿子又是拍门，还口称"请老爷龙驾到公馆里略坐一坐"，"龙驾"的称呼可能违制，但穷乡僻处有甚"公馆"，必是翟买办一手操办的了。王冕不给时知县面子，外出避祸，秦老少不得打点一番翟买办，但不管怎样，半年后王冕归来，秦老与母亲均安好，可见翟买办尚不愿做无意义的坏事。这等人的存在，便如后文中潘三一般，是社会运作不可缺少的润滑剂。《儒林外史》里写公门胥吏，大都很精彩，这一点与李伯元《官场现形记》同，有机会咱们可以专门讨论一下这些人物。

王冕在湖边看到的三名游客，虽然只有寥寥几笔，却极为传神。这三个人大谈"危老先生"，什么新买了两千两银子的住宅，房主人"图个名望体面"，让了几十两银子，搬家时府县都去贺喜，"留着吃酒到二三更天";什么危老先生出京时,皇上亲自送出城外,携着手走了十几步,结论是"莫不是要做官"——配合前面说的"危老先生要算一个学者了",学者与官员的价值高低,呼之欲出。最好笑的是那胖子,他吹的牛比另两人要实在些,道是"敝亲家也是危老先生门生,而今在河南做知县。前日小婿来家,带二斤干鹿肉来见惠,这一盘就是了",接着说"这一回小婿再去,托敝亲家写一封字来,去晋谒晋谒危老先生",到这里,还算是官亲面目,结果下一句十分透底:"他若肯下乡回拜,也免得这些乡户人家放了驴和猪在你我田里吃粮食。"话题快速地在高贵与鄙俗、等级与脸面、牛皮与实利之间切换,三个人聊得行云流水,这一段偏偏又插在王冕目睹美景、思量学画中间,像不像电影《奥本海默》里的反派以为奥本海默是在向爱因斯坦说他的坏话,其实两人讨论的是人类的命运何往?闲斋老人的评语也认为,这一段已经将《儒林外史》的描写方式定了型。即用至雅至俗、大话小事互为穿插,映照出功名世界的荒谬与无处不在。因此我说,翟买办与三位游客才是功名世界的底色,如王冕母子,如秦老,不过是游离在边缘的方外畸人。闲斋老人的回评道是:

功名富贵,人所必争。王元章不独不要功名富贵,并且躲避功名富贵;不独王元章躲避功名富贵,元章之母亦生怕功名富贵。呜呼!是真其性与人殊欤?盖天地之大,何所不有!原有一种不食烟火之人,难与世间人同其嗜好耳。

一部《儒林外史》,说到底,不外是要替这些"不食烟火之人"张目,让人知晓功名世界之外,别有天地。但要说这一层,须得将烟火写透,才能显得跳出功名世界的不易与不朽。我当然认同吴敬梓的价值观,但也不能不说,那些人间烟火,也是好看煞人,此是《儒林外史》有别于高堂讲章或战斗檄文的地方,也是文学之为文学的要点。两位以为然否?

即颂

秋祺

杨早

2023 年 9 月 27 日

第17封信

作为底色的启蒙

杨早、晓蕾：

偏爱会产生激情。我读了杨早的信，很有些激动。用"常"和"变"来总结整部小说的脉络，非常简洁，也很有阐释力。我也顺杆儿爬，理顺了自己的思路。这便是交流带来的妙处，一如《华严经》如是论述："犹如众镜相照，众镜之影，见一镜中，如是影中复现众影，一一影中复现众影，即重重现影，成其无尽复无尽也。"彼此影响，互相启发，这难道不正是人生中最美妙的相处之道吗！

杨早很是细密地解读了第一回，我则准备

以最后一回收束。不过在说最后一回之前，我想说一说聘娘——在小说临近结尾，最后一个浓墨重彩描写的人物。在前几封信里，我们都极少提到她。我琢磨了半日，为何吴敬梓不惜笔墨，用两回文字讲述来宾楼的妓女聘娘的故事？

聘娘是一个童养媳妇，长大后"出落得十分人才"，婆家一看有利可图，就让她出来接客。聘娘和国公府表亲陈木南的交往，可视作对才子佳人秦淮风月的微讽。

明清时期，秦淮河极繁盛，催生了香艳的青楼文化，一直到太平天国被摧毁。写于17世纪末期的《板桥杂记》记南京风物最为细致。

> 旧院人称曲中，前门对武定桥，后门在钞库街。妓家鳞次，比屋而居。屋宇精洁，花木萧疏，迥非尘境。……乐户统于教坊司，司有一官以主之。有衙署，有公座，有人役、刑杖、签牌之类，有冠有带，但见客则不敢拱揖耳。妓家分别门户，争妍献媚，斗胜夸奇。

与吴敬梓同时代的作者"珠泉居士"作了一本《续板桥杂记》，他说此地"泪乎前明，轻烟澹粉，灯火楼

台，号称极盛，迨申酉之交，一片欢场，化为瓦砾"。

《儒林外史》五十三回也有一段，可为印证：

> 话说南京这十二楼，前门在武定桥，后门在东花园，钞库街的南首就是长板桥。……每到春三二月天气，那些姊妹们都匀脂抹粉，站在前门花柳之下，彼此邀伴顽耍。

吴敬梓本人就沉溺于声色。胡适就大胆猜测他的家产是在秦淮河上挥霍掉了。还有他家亲戚的诗为证："迩来愤激恣豪侈，千金一掷买醉酣。老伶小蛮共卧起，放达不羁如痴憨。"说简单点，就是优伶女妓都不放过，大把大把花钱。现代人受文学作品影响，要么钟爱劝妓女从良的救风尘故事，要么相信侠女出风尘的红颜传奇。偏偏在风尘里打过滚的吴敬梓，就是要剥掉这些外壳儿，回到男人女人的本来面目。

小说以陈木南的视角，扫描了一遍名妓聘娘的房间：

> 进了房里，闻见喷鼻香。窗子前花梨桌上安着镜台，墙上悬着一幅陈眉公的画，壁桌上供着一尊玉观音，两边放着八张水磨楠木椅子，中间一张罗

旬床,挂着大红绸帐子,床上被褥足有三尺多高,枕头边放着熏笼,床面前一架几十个香橼,结成一个流苏。房中间放着一个大铜火盆,烧着通红的炭,顿着铜铫,煨着雨水。

销金窟是真的,都是钱堆出来的,客人的花费自然也是吓人的。陈木南是穷人,好在有门好亲戚。他向表弟徐九公子前后借了四百两银子,然而第三次去,就不受待见了,连热茶都喝不上了。真个是"金尽床头,壮士逢人面带羞"(吴敬梓词)。秦淮风流是要花大钱的。第五十四回,以测字为生的丁言志也要学名士风流,拿着好不容易攒下的二两多银子,换了几件半新不旧的衣服,带着自己的一卷诗,施施然去拜访传说中爱才子爱诗歌的聘娘。然而,心目中的女神开口便道:"本院的规矩,诗句是不白看的,先要拿出花钱来再看。"只拿得出二十个铜钱的丁言志招来聘娘一顿奚落:"你这个钱,只好送给仪征丰家巷的捞毛的,不要玷污了我的桌子!快些收了回去买烧饼吃罢!"心慕风雅的年轻人"羞得脸上一红二白,低着头,卷了诗,揣在怀里,悄悄的下楼回家去了"。这个事件还直接引发了聘娘和虔婆的矛盾冲突,成了聘娘落发出家的导火索。说起来,我总觉得这里有些突兀,一个正当年的名妓,年纪又小，怎么就看破红尘了呢？倒像是作者为了"风流云散，贤豪才色总成空"这个主题强行结尾。

作者赋予聘娘这个人物争强好胜的性格。她不安于贱业，不相信命运："人生在世上，只要生的好，那在乎贵贱！难道做官的、有钱的女人，都是好看的？"陈木南就成了她倾注的希望所在。相交当日，她就问陈几时才做官。陈木南骗她说大表兄已经荐了他，再过一年就当知府，到时拿银子赎了她，一同上任去。聘娘则回报说自己不是贪图他做官，而是爱他本人。彼此在虚情假意中度过了旖旎的一夜。聘娘更做了一个美妙的梦：陈木南做了杭州府正堂，她成了知府太太，要被抬到国公府，然后去任上。可惜，半路钻出一个黄脸秃头师姑毁了聘娘的梦境。这南柯一梦，写得似浅实深。后来收聘娘为徒弟的延寿庵的师姑本慧，似乎真成了敲打聘娘顿悟的棒子。

陈木南和聘娘，丁言志和聘娘，都是"常"。这是正常世情——"船载的金银填不满烟花债"；无钱的卖油郎（测字人）连花魁的身都近不了。做官太太理想破灭的名妓，转身遁入空门，这是"变"。总还是写人人的不如意。

人的困顿连着一座城的兴衰。小说结尾处，"那南京的名士都已渐渐销磨尽了。此时虞博士那一辈人，也有老了的,也有死了的,也有四散去了的,也有闭门不问世事的"。其萧索的顶点,是奇人盖宽和邻居老爹同游雨花台,看到破败不堪的泰伯祠。在第十一封信里,我也提过他们这一组仿若电影分镜的场景。"抒情意味浓厚,令人陷入时间的漩涡中,在或磅礴或日常的景象中,深入到历史和道德中,既为有限而哀伤,也为无限而叹惋。"

但显然,作者并不沉湎于过去的世界,为衰颓的城市叫屈,为理想国的破产沉沦。相反,他从市井中超拔出几位奇人。他们冲破了功名富贵的藩篱,捍卫作为人的价值,坚持自己的行为方式和生活理念,其见识和行止都带着释放个性的现代气息。

一个是写字的季遐年。他骂施乡绅:"你是何等之人,敢来叫我写字!我又不贪你的钱,又不慕你的势,又不借你的光,你敢叫我写起字来!"他写字,全凭一个情愿,不看报酬,也不看对方的身份。说实话,这样的人在现实中,我们可能会讨厌他,也太不近人情了。但我了解作者却是要在他身上,高举人的主体性、独立性。吴敬梓是在探寻一种精神上的出路吧。他的亲戚们在写给他的诗中说吴"狂憨""酒酣耳热每狂叫",无非就是说他为人又猖狂,又呆憨。

一个是会下棋的王太。他靠卖火纸筒过活,把下棋纯当作兴趣。赢了棋，原本看不上他的人要拉他去吃酒，他大笑道："天下那里还有个快活似杀矢棋①的事！我杀过矢棋，心里快活极了，那里还吃的下酒！"赢了还要骂人棋艺太差，这么诛心的人，有几人会喜欢呀？季遐年和王太都有着真正的艺术家气质——为艺术而艺术；艺术于他们而言，是和生活等同价值甚至超越生活的存在，并不将之工具化。我记得布克哈特在他研究文艺复兴的著作中，把自我人格的觉醒视作成为近现代人的强有力因素。他俩看上去有这么点儿意味。

一个是前面提到的盖宽。他本来家中开着当铺，有田有钱，偏偏热爱文艺。自己写诗画画，也和诗画圈的人来往，生意自然做不好，又几百几十借钱给人。后来，经营失当，家财没了，靠开个小茶馆谋生；难得的是他不为此烦恼，对自己的处境坦然接受，只是在生活中寻趣味。你们觉得不？在现代认知里，这样的人不就是家长最痛恨的反面代表吗？简直堪比杜少卿，被高翰林痛骂为"第一败类"，是教育子弟的反面教材——"不可学天长杜仪"。但这类人因有浓厚的兴趣支持，在面对各种忧患时，都能保持怡然自得的心境。这样的风范，让盖宽这个"失败者"有一种独特的优雅——他

---

① 矢棋：指棋艺低劣的棋手。

所谨守的是一种对生命的虔敬。事实上，谁又能保证总是身处顺境，总在浪潮之巅呢？

最后一个奇人荆元，职业是裁缝，闲暇时间就弹琴写字，也极喜欢作诗。一般人很不理解，觉得既要追求雅致生活，为何还要做裁缝这种贱业？他反驳说："难道读书识字，做了裁缝就玷污了不成？"相反，他觉得自己有一份稳定的职业。我在这里就看出两层意蕴来。一是说一个人该有基本的治生能力，且没有职业歧视。这便让人想到晚明的人文思潮，王阳明主张"四民异业而同道"，就是要打破传统的身份歧视链，突破士商之间的界限。一是人对闲暇和自由的追求。荆元的价值观让他的一些朋友们不理解，不再和他交往。但他不是全然孤立的，还有于老者这样的隐者往来。他给自己的内在留下了空间，由此带来的抚慰与安宁，是人际交往和社会地位无法提供的。

我觉得最后一回很能说明《儒林外史》的底色，那便是早期启蒙思想的浸润。一般认为对科举制度的批判是本书主旨，或如鲁迅所说："迨吴敬梓《儒林外史》出，乃秉持公心，指摘时弊，机锋所向，尤在士林；其文又戚而能谐，婉而多讽：于是说部中乃始有足称讽刺之书。"此处"时弊"即指科举对人事和人心的戕害，"公心"则谓作者无法脱离知识阶层的历史使命，以道自任。吴敬梓和曹雪芹一样，都曾是安富尊荣的世家子，却堕入困顿局面，经历诸般世情冷暖。两人的作品都反思功名富贵代表的"常"，痛诋其对人心的腐蚀败坏，但两人提供的"变"却有异有同。吴敬梓受王学影响很深，他提供的叛逆人物直接承接阳明之学。杜少卿写《诗说》，直接说"只依朱注"是"固陋"；并提出和官方审定的权威朱注不同的见解，其实是吴敬梓自引其在《文木山房诗说》中所说的"朱子读《女曰鸡鸣》……究未得此诗之妙在何处"。杜少卿又反对朱熹对《溱洧》一诗的解读，说"也只是夫妇同游，并非淫乱"。这简直堪称是王阳明那名句的举证：

夫道，天下之公道也，学，天下之公学也，非朱子可得而私也，非孔子所得而私也。

这话现在听上去这话并不算多惊人。但回到历史现场，也就是吴敬梓生活的年代，乾隆五、六年（1740、1741），朝廷下诏说朱子学，"得孔孟之心传……循之则为君子，悖之则为小人"，又命令举凡"与程、朱违悖牴牾或标榜他人之处……即行销毁，毋得存留"。原本只是一家之言的朱注，反而成了学术和人心的一种禁锢。

不论是杜少卿，还是四大奇人，都有狂者胸次，不过是借由学术上的自主，行止上的"怪异"，来追求人格独立和精神自由。在这点上，第一回和第五十五回形成一种呼应叙事。王阳明的弟子王艮，曾经自制"有虞氏之冠"和"老莱子之服"，奇装异服去南昌拜见王阳明。第一回里写王冕戴高帽穿阔衣，在乡间游玩，写作灵感或许正来源于王艮。

一部《儒林外史》，始于王冕，画荷以自娱、自养，抛弃官途富贵，以自力更生强调自我存在的四大市井奇人作结。吴敬梓的落点在于"城市山林"——也就是依靠"大邦"的供养能力，解决自身和家庭的基本生存问题，在此基础上，方能维护自己人格独立和一定空间内的自由。他当然很明白，这样的人是"变"，是游离于主流社会的边缘人物。这种向下的、重视生活的态度，仍是晚明启蒙视角的流风。

半年一晃而过，重读这部名作，不少细节、场景于我心有戚戚焉，前几封信里也断断续续提到过一些，不承想这回竟被一个花娘的期盼打动了。在和假想中的预备官员陈木南过夜当晚，聘娘的生命力被触发了，做了一个好赖交织的梦。

    朦胧睡去。忽又惊醒，见灯花炸了一下。回头看四老爷时，已经睡熟，听那更鼓时，三更半了。聘娘将手理一理被头，替四老爷盖好，也便合着睡去。睡了一时，只听得门外锣响。

杨早说《儒林外史》要替"不食烟火之人"张目，故而须得将烟火写透。我虽不同意将王冕诸辈当作"不食烟火之人"，觉得他们可以算作另外一种烟火，因世间并不只存在一种烟火诠释权，也还是觉得这话说得真好。写聘娘的梦境，便是揭示她作为美丽女性的"功名富贵"。写透了她的欲望，便也是替四大奇人的自我诚意张目。这样一看，以聘娘的故事结束，四大奇人一笔了结全书，倒也颇有叙事上的连贯性。你们觉得有道理吗？

谨祝秋安！

秋水

2023年10月10日

第18封信

发现日常生活

杨早、秋水好：

这是我们仨读《儒林外史》的最后一封信了。

杨早细勘了开头第一回，认为吴敬梓一面替"不食烟火之人"张目，一面又将烟火写透，方显跳出功名世界的不易与不朽；秋水详析最后一回，认为四大奇人"捍卫作为人的价值，坚持自己的行为方式和生活理念，其见识和行止都带着释放个性的现代气息"……前后夹击，豹头凤尾，酿出了两篇锦绣文章。

你们知道我的压力有多大吗？嗯，十月里

北京夜晚的凉风知道。

记得第一封信里,我坦白自己对《儒林外史》的疏离——在我多年前的阅读经验里,这本书的排位并不靠前,它所关涉的人群是特定的,难免跟更广大的世界和更普遍的人性有距离。但几封信写下来,我对《儒林外史》的阅读感受在悄然转变。

杨早说,《儒林外史》将烟火写透了,才有"不食烟火之人"的高标与不朽。我要接着说,正是将理想脱离"功名富贵"的世俗羁绊,同时又将其安放在日常烟火里,才不至于过于漂浮,也让吴敬梓在目睹现实世界和知识群体的双重溃败后,依然能保持内发的热情。

我曾以为《儒林外史》是一本虚无之书,是错看了。

书里确实写了末世里知识分子群体的普遍败坏。一类是在精神上漂泊无根的——中举发迹却平庸无见识的周进、范进们;在功名富贵里泡软了的高翰林们;在科举边缘游走的马二先生、匡超人们;当然还有杨执中、权勿用、陈和甫、景兰江、赵雪斋、支剑峰们,这些所谓的名士不仅"雅的这样俗",而且图名利走"终南捷径":

> 可知道赵爷虽不中进士,外边诗选上刻着他的诗几十处,行遍天下,哪个不晓得有个赵雪斋先

生?只怕比进士享名多着哩!

比贾宝玉厌恶的"禄蠹"好不了多少。就连那有魏晋遗风的名士,袍子底下也纷纷露出"小"来。

娄家二公子出身显赫,有功名却不喜科举和官场,效仿春秋信陵君们的豪举,热衷结交贤人隐士和江湖侠客。听说有一个叫杨执中的老秀才,跟他们观点接近,因管账出了亏空入了狱,于是就匿名花重金把他救了出来。等了一个月,也不见对方来道谢,二人反而觉得他不俗。两人一会儿自我安慰"公子有德于人,愿公子忘之",不图报,一会儿要去三顾茅庐,结识异人。终于费尽周折见到了杨执中,后者又举荐了疯疯癫癫整天在村里骗吃骗喝的权勿用,权勿用又带来一个自称张铁臂的大侠。娄家二公子大喜,要在莺脰湖上大宴宾客。到了盛会这天,以娄家兄弟为首,连傻子杨老六在内,一众名士泛舟湖上:

> 真乃一时胜会……饮到月上时分,两只船上点起五六十盏羊角灯,映着月色湖光,照耀如同白日……两边岸上的人,望若神仙,谁人不羡?游了一整夜。

可是紧接着就是张铁臂设骗局，用猪头冒充人头，说是自己手刃了仇人，还向娄家兄弟要了五百两银子，一场风流，以此收场。平心而论，娄家二公子不是坏人，甚至比一般人还好。写小说，写尖酸刻薄的坏人容易，写这种糊涂的好人很难，不过吴敬梓的火候把握得好，我们看这个故事的时候，不会只有讥笑和嘲弄。

世界不可避免地朽坏下去。就连这种气味不纯的荒诞故事，在后人的回忆里竟也成了"忆往昔峥嵘岁月"。蘧公孙就无限向往地说："我家娄表叔那番豪举，而今再不可得了。"果然，胡二公子在庙里设宴招待众人，表现得抠抠搜搜，一副小家子做派，看得只让人叹气；杜少卿的慷慨倒是胜于二娄、胡二公子和杜慎卿，但他很快散尽了家产，在秦淮河边上陷入了困顿。

蘧太守和蘧景玉父子薄田敝庐、唱曲吟诗，鲍文卿守仁仗义，浑然朴质，然而一代不如一代，蘧景玉的儿子蘧公孙只知道混日子，鲍文卿的儿子鲍廷玺竟只会打秋风。以前看到这里总是不甘心，这么好的人怎么会有这样的儿孙？后来才知道，吴敬梓是绝对写实。遗传学上有"均值回归"一说，即父母的某个极端特征不会完全遗传给下一代，后代这一特征会慢慢向大众平均值靠近，所以"父母双学霸，生儿是学渣"往往是正常的。

如果只画出这些平庸的灵魂，《儒林外史》也不过是一部平常的"讽刺小说"。可贵的是,吴敬梓把自己抛入这个沉郁的世界,并以己为镜,解剖这个群体内心深处的无力感。

《儒林外史》里处处有吴敬梓的影子和创伤。吴敬梓年轻时是个愤青,父亲去世后,吴敬梓遭遇家族反噬,被迫直面人性的肮脏:"一朝愤激谋作达,左骥史妠(乐人)恣荒耽。"金两铭的和诗也说他:"还来愤激恣豪侈,千金一掷买醉酣。"千金散去并未复来,南京秦淮河边的困顿生活,反而让他看清了世间的面貌,写《儒林外史》更让他获得了观察和反思的机会,也完成了自我救赎。小说前半部是讽刺和解剖,后半部则在精神的废墟上建构理想的小屋,巧妙地契合了他的人生轨迹。如今,我们已充分见识过现代主义缤纷错落的"有意味的形式"[①],不过,古典小说的扎实和厚重,"一鞭一条痕,一掴一掌血"的"可感知的形式",也迷人得很。

还是杨早说得好,"写透人间烟火","常"托住了"变",是敦厚朴直的日常生活让其有无限蕴藉,而不至滑入虚无。沉到日常的河流里,吴敬梓看到的,是寒

[①] "有意味的形式",英国艺术批评家和哲学家克莱夫·贝尔在其《艺术》一书中提出的一种审美理论。

士们那一张张饥饿的脸。

最早出场的周进,寒酸逼人,他"头戴一顶旧毡帽,身穿元色绸旧直裰,那右边袖子同后边坐处都破了,脚下一双旧大红绸鞋,黑瘦面皮,花白胡子"。吃的是一碗饭、一碟老菜叶和一壶热水;"穿着麻布直裰,冻得乞乞缩缩"的范进,家里老母亲饿得眼睛快看不见了,就抱着老母鸡,手里插个草标,一步一踱的,东张西望寻人买;鲍文卿遇到修补乐器的倪秀才,更穷得把儿子都卖掉了,他"从二十岁上进学,到而今做了三十七年的秀才。就坏在读了这几句死书,拿不得轻,负不的重,一日穷似一日,儿女又多,只得借这手艺糊口,原是没奈何的事"。在南京飘摇无助的季恬逸,"每日里拿着八个钱买四个'吊桶底'作两顿吃,晚里在刻字店一个案板上睡觉"。王玉辉的女儿要绝食守节,一个理由就是:

> 我一个大姐姐死了丈夫,在家累着父亲养活,而今我又死了丈夫,难道又要父亲养活不成?父亲是寒士,也养活不来这许多女儿!

他们戴着秀才方巾,没有功名,穷困潦倒,也没有固定的职业和居处,谋生都这么困难,遑论谋道。

闲序说《水浒》《金瓶梅》在"摹写人物事故,即家常日用米盐琐屑"方面很有进步,已有"穷神尽相"之称,而《儒林外史》在这方面又"出其右""迥异玄虚荒渺之谈",写的是平常的真实人物,"所记大抵日用常情,无虚无缥缈之谈"。在"城市"主题的那封信里,我说《儒林外史》写得结实,也是这个意思。

书里的人物是日常生活里自然生长出来的,不是悬浮在生活之上的。记得杨早说过,好小说都会写吃,《儒林外史》里不仅会写吃,而且写得家常、质朴,大多数价廉物美,一看就很好吃。

周进坐馆的薛家集是山东一个小镇,菜品都很"北方":猪头肉、公鸡、鲤鱼、肚肺肝肠。周进吃斋,只吃实心馒头和油煎杠子火烧;广东人范进中举后,被县官请去吃宴席,有燕窝、鸡、鸭、广东出的柔鱼、苦瓜,还有他一筷子夹走的"大虾丸子";至于马二先生游西湖,一路上看着街边"挂着透肥的羊肉,柜台上盘子里盛着滚热的蹄子、海参、糟鸭、鲜鱼,锅里煮着馄饨,蒸笼上蒸着极大的馒头。"他刚倾囊帮助了蘧公孙,手里没啥钱,便花十六个钱要了一碗面,没吃饱,只好再花两个钱买了处片(酥饼),喝了一碗茶,图个水饱。又走到一座楼台,看着"那热汤汤的燕窝、海参,一碗碗在跟前捧过去",看到橘饼、芝麻糖、粽子、烧饼、处片、黑枣、煮栗子，每样买了几个钱的。不仅是地道的西湖美食，价钱也都明明白白。

王玉辉的女儿自杀殉节，他内心积满了悲伤，要到外面去散散心，来到苏州虎丘。"走到半路，王玉辉饿了，坐在点心店里，那猪肉包子六个钱一个，王玉辉吃了，交钱出店门。"牛布衣一路当幕客，后来流浪到芜湖一个荒庵里，离家千余里，病死后只有六两买棺木的银子和一本唱和诗集。

猪肉包子要六个钱，酥饼要两个钱，一碗面要十六个钱，六两银子的棺木……寒士们的困顿，便是那个世界的真面目。人的主体性有相当大一部分是靠生存来支撑的，当生存权被剥夺时，精神往往成为不可承受之重。

重新发现日常生活，这是文学史一个巨大的转变。《三国演义》和《水浒传》写的是帝王将相逐鹿中原，绿林好汉啸聚山林，都不是过日子的人，是反日常的。堂·吉诃德穿着破烂的铠甲，骑着他的驽马，走出家门来到一家客栈，老板问他是不是带着钱，他说自己身上一个子儿也没有，因为他读过的游侠骑士故事里谁也不带那玩意儿。

理想越高大神圣，距离现实就越远。

儒家思想从孔孟到汉代再到宋明理学，几经嬗变，儒家读书人身负"道统",以修身齐家治国平天下,让生命获得了贯通天人之际的意义。但理想很丰满,现实很骨感,士人们一方面遭遇了权力的招安和围追,道统也逐渐被挤压、蚕食,从宋代企望的"得君行道",到了明代转向了"觉民行道";另一方面也暴露了其理想的僵化与空疏,尤其明亡后,儒家的事功能力遭遇严重质疑。

清初的思想家颜元和李塨,批评明代儒者只知袖手读书,静坐冥想,或空谈天理、心性,一旦发生危机,便手足无措。陈瑚也说:"当初吾辈讲学,岁有岁后,月有月会……那时节觉得此心与天地相通,与千圣百王相接,未免起了妄想,出则致君泽民,做掀天揭地事业,处则聚徒讲学,得天下英才而教之,如濂洛关闽诸儒一般。不想时异势殊,两愿都不得遂。"

在这样的情况下,儒者的政治想象和政治语言发生了转变,他们开始试图回归经典儒学,致力于重建礼仪;同时眼光下移,转向制度建设和礼仪实践。

有了这个思想史的背景,就更容易理解吴敬梓何以要祭泰伯祠,以及何以能重新发现日常生活。"为天地立心,为生民立命,为往圣继绝学,为万世开太平。"这样的豪言壮语,不是小说家关心的;小说家吴敬梓的任务,就是把这些话还原成"一个又一个日子",让每一个读者去亲身感知。

王玉辉的故事让我们看到，如果道德信仰与个体生命、日常生活脱节，将会有怎样的后果。

作为一个徽州乡下的老秀才，王玉辉研究的是儒家礼仪，考证编排民间礼仪指南、识字课本和乡规民约，但他的理念来自悬浮的概念，要女儿殉节，也是出于对"饿死事小，失节事大"这样的道德箴言的笃信。像他这样的读书人，因为丧失了对真实人性和生活的感知能力，才如此盲信，还不如大字不识的秦老爹。

米兰·昆德拉在《不能承受的生命之轻》里揭开了国会大厦的盖子，让我们注意到下面流淌着粪水：

> 现代的抽水马桶从地面上凸起，宛若一朵白色的睡莲花。建筑师尽其一切可能，让身体忘记它的悲苦，让人在水箱哗哗的冲洗声中不去想那些肠胃里的排泄物会变成什么。一条条下水管道被小心翼翼地隐藏在我们的视线之外，尽管它们的触角一直延伸到我们的房间里。我们完全不了解那一座座看不见的威尼斯粪城，殊不知我们的盥洗室、我们的卧室、我们的舞厅和我们的国会大厦就建在上面。

人类需要巍峨崇高的理念，但卑微的日常也要被承认。小说写日常，写灰暗，写饥饿，写绝望和挣扎，因为这是真实的生存境遇。真正经历并看见这些不幸，就不会编造一个自己都不相信的空洞的理想来安抚人心。真正的希望，来自责任感和行动。

沈从文在《〈长河〉题记》中说："横在我们面前的许多事都使人痛苦，可是却不用悲观。社会还正在变化中，骤然而来的风风雨雨，说不定把许多人的高尚理想，卷扫摧残，弄得无踪无迹。然而一个人对于人类前途的热忱，和工作的虔敬态度，是应当永远存在，且必然能给后来者以极大鼓励的！"

所以吴敬梓最后写出来的四大奇人，其实是"太阳底下努力生活的人"。我想起穆旦晚年的一句诗："这才知道我的全部努力，不过完成了普通的生活。"

开头的王冕和结尾的四大奇人，你俩都说得够多够透，秋水看到了人的主体性和自由。

四人中的裁缝荆元，爱弹琴写字，也爱写实，相熟的朋友建议他去结交文人，他却说：

> 我也不是要做雅人，也只为性情相近……难道读书识字，做了裁缝就玷污了不成？……而今每日寻得六七分银子，吃饱了饭，要弹琴，要写字，诸事都由我，又不贪图人的富贵，又不伺候人的颜色，天不收，地不管，倒不快活？

朋友听了觉得古怪，不和他亲热，他和文人也互不来往。我理解的是：什么身份、家世，其实都不重要，只要有一技之长养活自己，有一份爱好，能看见山色岚翠鲜明，听见琴声铿锵，就不会轻易低头，就是认真活过。

最后，荆元弹琴，声振林木，一旁的朋友听到深微之处，不觉凄然泪下。"自此，他两人常常往来。当下也就别过了。"我们仨也要跟《儒林外史》告别了。

秋风瑟瑟，顺颂时祺。

晓蕾

2023 年 10 月 12 日

图书在版编目（CIP）数据

忍把功名，换了人间烟火：18封信聊透《儒林外史》/ 杨早，庄秋水，刘晓蕾著. -- 成都：四川人民出版社, 2025.3. -- ISBN 978-7-220-13995-6

Ⅰ. I267.5

中国国家版本馆CIP数据核字第2025QY1284号

REN BA GONGMING, HUANLE RENJIAN YANHUO
忍把功名，换了人间烟火
杨早　庄秋水　刘晓蕾　著

出 品 人	黄立新
策划编辑	李淑云
责任编辑	曹　娜
封面设计	李其飞
版式设计	李其飞
特约校对	毕　燕
责任印制	周　奇
出版发行	四川人民出版社（成都三色路238号）
网　　址	http://www.scpph.com
E-mail	scrmcbs@sina.com
新浪微博	@四川人民出版社
微信公众号	四川人民出版社
发行部业务电话	（028）86361653　86361656
防盗版举报电话	（028）86361653
照　　排	四川胜翔数码印务设计有限公司
印　　刷	四川五洲彩印有限公司
成品尺寸	125mm×185mm
印　　张	8.625
字　　数	150千
版　　次	2025年3月第1版
印　　次	2025年3月第1次印刷
书　　号	ISBN 978-7-220-13995-6
定　　价	49.80元

■版权所有·侵权必究
本书若出现印装质量问题，请与我社发行部联系调换
电话：（028）86361656